JN207943
意地悪な指の動きに興奮して、「あ」と甘ったれた声が出た。有希は悠生のスーツに縋り付き、「イッちゃうよ先生」と喘ぐ。（本文より抜粋）

DARIA BUNKO

溺愛執事のいじわるレッスン

高月まつり

ILLUSTRATION 明神 翼

ILLUSTRATION
明神 翼

CONTENTS

この作品はフィクションです。
実在の人物・団体・事件などに一切関係ありません。

溺愛執事のいじわるレッスン

芳野有希は、水あげした薔薇で可愛らしい花束を作りながら、「ふあ」と、大きなあくびをした。

ようやく少年の域を抜け出したシャープな頬のラインに、形のいい鼻と薄い唇がバランスよく配置されている。少し吊り上がった目は、学生時代に友人から「猫っぽい」と言われたことがある。それでもまあ、この顔はなかなか気に入っている。

従業員の織部が、「通りに向かってあくびをしちゃだめですよ」と笑いながら注意してくれる。彼女は両親が健在だった頃からここで働いていて、有希が店を継いだときにはずいぶん世話になった。そして今も世話になっている大事な従業員だ。

花き市場は彼女がいなくては右も左も分からなかったし、仲卸との付き合いの仕方をしっかり教えてくれたのも彼女だ。

また彼女はたぐいまれな才能を持っていて、この「ヨシノ生花店」でフラワーアレンジメントも受け付けている。

「すみません。昼飯食ったら眠くなっちゃって」

「気持ちは分かります。私もさっき、口の中を奥歯で噛んであくびを堪えました」

微笑みながら花束を作る手は決して止まらない。

織部は、近所の女子高生に大人気の「ちょこ束」を瞬く間に作り上げた。

「ちょこ束」とは「ちょっとしたお礼に渡せる花束」の略で、仕入れ的にもお値打ち価格の季節の花を使った三百円の花束のことだ。

初めて提案されたときに、「この値段で何ができるんだ」と有希の脳裏に衝撃が走ったが、織部が作った可愛い花束を見て「これはいける」と確信した。

そして今では、仏花以外で最も売れるヨシノ生花店のロングセラーとなっている。

「……俺、花は好きなんだけどなあ。もっとこう、センスが欲しい」

作った「ちょこ束」は、専用の黒いスタンドに挿していく。

すると通りを歩いていた親子連れが「これ、ピンク色のお花でありますか？」と声をかけてくれた。

「有希さん、これどうぞ」

織部がたった今作った、ガーベラとピンクカーネーションの「ちょこ束」を有希に差し出す。

それをありがたく受け取ると、親子連れに「これなんてどうですか？」と見せた。

親子連れは「ちょこ束」と一緒に、ドライフラワーにも向いているカモミールの花束も購入してくれた。ありがたい。

「俺、もっとハーブに関して勉強が必要ですね。この間、『この店のミントはお茶に使えるのか？』って聞かれて答えられなかったら、ちょうど榊を買いに来てた田中のおばあちゃんが代わりに答えてくれましたよ」

「そうですね。ハーブは彩花さんがとても詳しくて、私も彼女から習ったんです。店長はやたらと観葉植物や庭木に詳しいし、あのお二人は樹木と花の妖精だったんじゃないかとたまに思います」

織部の言葉に有希は「凄く分かる」と頷いた。

二年前、両親は事故で突然この世を去った。

花き市場からの帰宅途中の出来事だった。あの日は台風が近づいていたせいで雨風が酷く、出かける両親に「今日は行かなくていいんじゃないの？」と言ったのを覚えている。

けれど両親の「仲卸の山田さんに、花を予約してるんだ」という言葉を聞いて、だったら仕方がないかと、見送ったのだ。

高校三年生だった有希は、帰宅した両親がすぐに食べられるようにと朝食を作っていた。

両親は即死だったという。

まだ幼稚園児の弟・明希を抱えて、これから何をどうしていいのか分からず、悲しみより呆然としていた。

そんな兄弟を助けてくれたのが、従業員の織部や常連の女性たちだった。

お陰で有希は、こうしてヨシノ生花店を営んでいられる。

「俺もこの店のために、早く花の妖精にならないとなー」

もう水あげを失敗することはないが、それでも、とっさに花の名前が出て来ないことがある。それが悔しい。

「花の妖精になるには、まだまだ修業が足りません。頑張ってください！」

微笑む織部に、有希は「もちろんです」と胸を張った。

そのとき、スーツ姿の青年が店内に入ってくる。

「あの、すみません」

「はい！　どんな花をお探し………」

ですか、と続けなければならないのに、続かなかった。

生花店はサービス業でもあるので、人の顔を見て驚愕することはまずない。だが今、有希の目の前に立っているスーツの青年は、どう見ても王子様だった。スーツ姿の王子様だ。いや、外見的に王子様と言うよりは若い王様か。一般人の有希にも一目で分かる、高価なスーツとシューズを身に着けている。

今まで彼女がいたことはない。だからといって「じゃあ男はどうだろう」と考えたことなど一度もなかったのに、目の前の青年を見た途端、心の中のいけない扉が開いた。

好きという気持ちが一番大事なんだから、性別は二の次でいいじゃないと、「いけない扉」の中から出てきた天使たちが、最高の笑顔で言った。

心臓がドキドキする。なんだこの動悸（どうき）。体が熱いのは熱が出てきたからか。とにかく、これ以上彼を見ていたら、きっと重病人になってしまう。

危険で綺麗（きれい）な顔。

薔薇で言ったらスノージュエル。ゴージャスだが品のある美しい白い花。あと、切れ長の鋭い視線が、棘（とげ）をいっぱい持っている薔薇に似てる。やっぱり危険。動悸が激しい。ずっと見ていたいけど死にそうだから目を逸（そ）らす。

その麗（うるわ）しの薔薇が、視線を逸らした有希を見つめている。

妙に強い視線で、体の中まで見透かされそうな気がした。

裸にされたような恥ずかしさを感じて、接客を忘れてしまう。

「あの、花……、えっと……、お客、さま……？」

「はい。ラナンキュラスという花で花束を作ってほしいのですが……」

彼は有希の目をじっと見つめて言う。

低いがざらつきのない、いい声だ。耳元で囁（ささや）かれたらきっと爆発する。

有希は、「ありがとうございました！」とお礼を言いながら爆発する自分を想像し、我に返ってどうにか接客モードになる。

「あの、申し訳ありません。ラナンキュラスは春の花なので、今は置いていないんです。少し似た感じで、こちらなんかどうですか？」

ヨシノ
花店

この人に似合うのは白薔薇なのに、ずいぶんと可愛い花をリクエストするんだな……。

有希は白いトルコキキョウを一本そっと掴み、青年に見せる。

百七十五センチの有希は、彼を見上げて花を差し上げた。まるで彼に花を捧げているような構図だと気づき、顔が熱くなる。

「綺麗な花ですね」

だが青年は、有希の動揺を気にした素振りも見せない。これはこれでありがたい。

動揺していることを知られたら、恥ずかしいどころの騒ぎじゃない。

「淡いピンク色もあります。そっちは女性に人気ですね。レースのスカートを何枚も着たような花びらが可愛いと」

「なるほど。……今日は、そちらの女性とお二人なんですか？」

「え？　はい、そうです……」

なんでそんなことを聞くんだろう。もしや、大口の契約でも？　俺たちだけでできるのかと下調べに来たとか？　それは大変だ！　そっか、これは恋でもなんでもなく仕事の話だったか！

有希は心の中で浮かれ、しょんぼりし、再び浮かれたが、青年の「失礼しました」という言葉で我に返る。

「申し訳ありません。そうですね、私の言い方が悪かった。二人兄弟で頑張っていらっしゃると聞いておりましたもので」

「そうなんですか。わざわざありがとうございます。弟は、小学校の終業式が今日なので、そろそろ帰ってきます。学校が休みのときは、いつも店を手伝ってくれる、優しい弟です」

「それは素晴らしい」

青年がふわりと微笑んだ。

背後にいた織部が、思わず「あら素敵」と感嘆の声を上げる。

彼の微笑はすでに武器だ。有希は心臓に衝撃を受けて声も出せずにいる。

店にあるすべての花を掻（か）き集めても、今の彼の微笑みに勝てない。吟味（ぎんみ）して仕入れた花が勝てないと分かって悔しさがこみ上げてくるが、世の中にはそういう人間もいるのだと分かった。

多分、あれだ。

住む世界が違うのだ。だから王子様という単語がすぐに浮かんだ。

さっきまで輝いていた視界が、あっという間に暗黒になる。

せっかく開かれたはずの「いけない扉」が酷い音を立てて閉じられていく。

最後に素敵な笑顔を見せてくれてありがとう、だ。

「では、このトルコキキョウで花束を作っていただけますか？　色はお任せします」

「はい。予算はどれくらいにします？」

笑顔で尋（たず）ねると、青年はしばらく悩んでから「五千円でお願いします」と言った。

ならば、と、有希は白いトルコキキョウをメインに、すらりとした青紫のデルフィニウムを入れ、カラーバランスよく一緒にまとめて、花束にする。

優美、希望、すがすがしい美しさ。心の中でトルコキキョウの花言葉を呟きながら。

背後で織部が頷いている気配がした。

「素敵な花束ですね」

青年が満足そうに頷いた次の瞬間、弟の明希が大荷物で帰宅する。

「ただいまっ！　兄ちゃん、僕、洗い物がいっぱいだよ！」

元気いっぱいで店に入ってきた明希は、来客と知って慌てて「いらっしゃいませ！」と笑顔を見せた。

みな弟の愛らしい笑顔を見ると、自然と表情がほころぶ。

それは青年も同じだったようだ。

有希は「俺の弟は可愛いだろう！」と言わんばかりに胸を張り、青年に花束を渡して代金を受け取った。

「それでは、また来ます」

スーツ姿の青年は花束を大事そうに抱えて、店から出て駅に向かって歩き出す。

え？　また来ます？　社交辞令だよな？　それは。でも本当にまた来てくれるなら、凄く嬉しい。今度はもっと話をしたい。喋りすぎて引かれないようにしないと。

誰かと付き合った経験がないから、何が正しくて何がだめなのかはよく分からないが、閉じたと思った「いけない扉」が軽快な音を立てて開いた。

「今の人、もの凄く恰好良かったね！　テレビの人？」

「さあ。初めてのお客さんだったしな。おかえり明希。手を洗っておやつを食べておいで」

有希は弟の頭を撫でて、小さな肩を軽く叩いた。

「はーい！　織部さん、あとで花束の作り方を教えてね？」

明希は笑顔でそう言うと、大荷物のまま奥にある母屋に向かう。

「元気だな、まったく！」

「有希さん、先に休憩に入ります？　私はあとでも大丈夫ですよ」

「あー、いや大丈夫。織部さんはいつも通り休憩に入ってください。そうじゃないと、海老カツサンドが売り切れちゃいますよ」

海老カツサンドは駅前パン屋のメニューで、美味しくてボリュームもあるという素晴らしいパンだ。そして焼きそばパンと並んで人気が高い。

海老カツサンドが大好きな織部は、有希の言葉にぴたりと動きを止めて「じゃあ、先に休憩もらっちゃおうかなっ！　パン買ってきますね！」

織部は晴れやかな笑顔を見せ、エプロンを脱いだ。

「はい、行ってらっしゃい！」

「あ、そうだ有希さん。明希ちゃんの通知表をちゃんと見て上げてね？」

元気よくパンを買いに行く織部の背中を見ながら、有希は「それがあったか」と言った。

彼はすっかり通知表の存在を忘れていたのだ。

明希はまだ小学校一年生だから、成績に関してくどくど言うのはやめておきたい。それに明希は、有希があれこれ言わなくても宿題は忘れないし成績はいいのだ。

兄馬鹿と言われてもいい。弟は将来立派な大人になる。

だから今は、弟がどんな進路も選べるようにと頑張って働く。

両親の残した生花店を継いだときに、有希は決意した。

……ああそうだった。俺には明希がいる。こんなフワフワした気持ちは、明希が一人前になるまで封印しないと。それ以上は望むな。こんな気持ちは、生まれて初めてで何をどうしていいか分からないから、様子見で行こう……。

有希は剪定（せんてい）バサミを両手で握り締めてため息をつく。

誰かを好きになるのは楽しいけど辛（つら）いことも多い。

自分に今、それが必要なのかと考えてみれば、そうでもなかったりすることも多い。だからもう……。

「あの、度々申し訳ありません」

さっき花束を買った青年が、再び戻って来ていた。

花束を持っていないから一旦帰宅したのか、それとも勤める会社が近所にあるのか。そんなことを考えながら、有希は「どうしました？」と接客スマイルを作る。

だが心の中では「すぐ会えたっ！」と両手の拳を振り上げた。

「弟さんが帰宅されたようですので、少々お話ししたいことがあるのですが、お時間よろしいですか？」

「……え？」

「あなた方二人に大事なお話があります」

「大事な話？　あの失礼ですが、あなたは一体どこの誰ですか？　名前を教えてください」

「これは失礼しました。私は遠池悠生と申します」

これまた丁寧に、スーツの王子様が名乗る。

私は怪しい者ではありませんオーラを発しているのか、見ていると眩しい。いや、イケメンだから見ていて眩しいのかもしれない。

戻って来てくれて浮かれすぎた。そんな呑気なことを考えてる暇があるかよ。これ絶対に怪しいヤツだろ。名前だって偽名かもしれない。こんな綺麗なのに！　勿体ないっ！

有希は、もしものためにジーンズのポケットに携帯電話が入っていることを確認して、悠生と向き合う。

「兄ちゃん、冷蔵庫にアイス入ってなかった！」

そこに弟が物凄い勢いで走ってきて、有希の腰に力任せに抱きついた。

「今日のおやつはアイスじゃなくてどら焼きだよ。冷蔵庫の中をちゃんと見て」

「僕的に、今はアイスの気分。暑いし、学校から帰ってきたばかりだし、それに明日から夏休みだし！」

明希は意味不明の理由を並べて、有希を見上げて「アイス～」と甘える。

「今夜な。風呂上がりに食べられるように兄ちゃんが買っておいてやるよ。だからおやつはどら焼きと麦茶でいいよな？」

「うん！　兄ちゃんありがとう！」

弟の可愛らしさを脳裏に焼き付け、これからも頑張って行こうと改めて誓う。

恋なんて自分には向いていないのだ。それでいい。

「兄弟仲がいいのは素晴らしいと思います。ところであなたは、ご自分の親戚に関して何も知らないというのは本当ですか？」

あ、こいつ。父さんと母さんの保険金目当てか？　まさかと思ってたけど、本当に来やがったっ！　というか、親戚ならちゃんと葬儀から参加しろよ！　あんたみたいなヤツと俺たち兄弟は血が繋がってるのか？　酷い奴らと血が繋がってる方がショックかもしれない……。

有希は眉間に皺を寄せて、悠生を睨んだ。

「最初に言っておきますが、私はあなたたちとは血は繋がっていません。もちろん親戚でもありません」

「じゃあ、なんで……」

「ご自分のルーツを知りたくありませんか？　祖父母や親戚に興味はありませんか？」

「今更……っ！」

葬儀に親戚なんて一人も来なかった。

右も左も分からない有希と明希を助けてくれたのは織部たちだ。

明希が不安そうな顔で、有希の胴にしがみつく。

「興味なんてない。俺は明希を立派に育て上げることにしか興味ない。祖父母だって？　そんなのいらねえよ。俺は明希がいればそれでいい」

「……一筋縄ではいかないようですね。まあ、そういうところも面白い」

見つめられてドキドキするのは仕方がない。

この男は有希の心の中にある「いけない扉」をこじ開けたのだ。

「さっさと帰ってくれないか？」

こんなことしか言えないのが悲しい。せっかく好きになったのに、もう失恋なのか。でもきっと、世の中なんてそんなものなのだ。

「そういうわけにはいきません」

悠生が笑顔で右手を上げた。

すると、通りの向こうに止めてあった黒塗りの車の中から、数名の男性が出てくる。

「大人(おとな)しくしてください。弟さんの身に大事が起きたらどうしますか」

悠生が、楽しくて仕方がないといった表情を浮かべて笑った。

頭が痛い。

断片的な記憶が、目覚めかけた頭の中でゆっくりと蘇る。

とにかく弟を逃がさなければと思ったのに、当の明希は有希にしがみついたまままったく動かない。

午後の一番暑い時間というのも悪かった。

通りには人がいない。目撃者のいない時間帯に、こんなところで拉致されるなんて最悪だ。

弟と一緒に無理矢理車に乗せられて、そこで騒いで、何か飲まされたような気がする。

それからの記憶がまったくなかった。

頭が重くて痛くて、ついでに体の節々も地味に痛い。

ああくそ。あの人……あの綺麗な男、本当に悪いヤツだったんだな……。凄いショックだ。

あんな風に、一目で心臓が高鳴るなんて……そんな相手は初めてだった。え？　それってもしかして、俺はあの人に一目惚れしてたのか？　そうなのか……。

自覚してしまうと余計に辛い。悪人に一目惚れした自分の、人を見る目のなさにも泣けてくる。

しかも、自分は今どういう状態なのかも今一つ分からない。横になっている。フワフワしたところに寝転んでいる？　なんだかとってもいい匂いがする。いやとにかく、ありったけの精神力を駆使してまぶたを上げると、目の前には弟の笑顔があった。

「兄ちゃん！　ようやく起きたの？　今日からここで夏休みを過ごすんだって！　ゆーせーさんが教えてくれた！」

どうした弟よ。酷い目に遭わされるどころか、なんでそんなに喜んでいるんだ……？

兄弟揃って拉致されるという体験をしたにも拘わらず、目の前の弟は心に傷を負ったようには見えない。

「ちょ、なんで………」

「あなたが感情的になって話を聞いてくれませんでしたので、こちらも強硬手段をとっただけです。本来なら、ここで優雅にティータイムを楽しみながらする会話だったというのに」

諸悪の根源が、ティーワゴンの後ろに仁王立ちしてため息をつく。

憎たらしいのに、眩しいほど綺麗で恰好良い。それがまた憎らしい。

有希は悪態をつこうとして、そこでようやく周りを見て驚いた。

大理石の床に、掃除が大変そうな大きなアーチ窓。女性が好むだろうレースのカーテンに、猫足の家具。布張りの大きなソファにティーテーブル。ここはどこかの王宮かと突っ込みを入れたくなる。

花瓶にはダブルダンディという赤茶の向日葵が活けてあり、そこだけが現代っぽい。

「おじいちゃんのお家だって。僕ね、兄ちゃんが寝てるときにいろいろなことをゆーせーさんから聞いたんだよ？　あと兄ちゃん、人の話を聞く前に怒っちゃダメだよ」

　可愛い弟に指摘され、有希は「分かりました」と返事をして項垂れた。

「僕も最初は怖かったんだよ。兄ちゃんはいきなり寝ちゃうし。でも、ゆーせーさんがちゃんと説明してくれた」

「明希様はそのお年で大変賢くていらっしゃいますね。私の説明ですべてを理解してくださいました」

　暗に、お前は兄なのに何をしているのだと、馬鹿にされたような気がする。

　だが事実だ。親戚のことを言われて感情的になってしまった。

「……俺は、香典だけ持ってきた祖父母に腹が立ってるんだ。しかも、香典を持ってきたのは使いの人だった。許せるわけがない」

「でもね兄ちゃん、そのとき、おばあちゃんはショックで倒れちゃったんだって。だから、自分たちが来られなかったんだって」

　今更ネタバレされても、二年前の憤りは覆らない。

「そうか。でもな明希。兄ちゃんの家族はお前一人でいいんだ。だから……」

「逃げるのか。そうか。お前の父親も、私の娘を攫って逃げた」

張りのある男の声に、有希は表情を硬くして振り返った。

扉の前には、スーツを着た老人が立っていた。

「私は天川静（あまがわしずか）。お前の母親の父だ。別に私は、路頭に迷っていないなら孫など引き取らなくてもいいと言ったのに、由里（ゆり）が怒るから仕方なく連れてきたんだ」

老人が、渋い表情で声を出す。

あれが俺と明希の祖父かよ。第一印象は最悪だな……。

有希は面倒臭そうに、ベッドの上で胡座（あぐら）をかいた。

渋い表情を続けている祖父に、明希が近づいていく。

「おい、明希。兄さんの傍にいなさい」

だが明希は祖父に駆け寄って「芳野明希です。小学一年生です」と挨拶をした。

その礼儀正しい様子に、祖父の表情がたちまち崩れる。

「そうか。お前が明希か。子供の頃の彩花によく似ている」

祖父がたちまち目尻を下げて明希の頭を撫で「将来が楽しみじゃないか」と言った。

ああうん。知ってる。明希はよくそう言われてる。俺も兄として、明希の将来に夢を描いてる。だから、こんなところで拉致されてるわけにはいかないんだよ。

有希はベッドから降りて立ち上がる。

そしてひと言言ってやろうと口を開いたが。

「お茶をどうぞ」

悠生に邪魔された。

彼は紅茶の入ったティーカップを差し出して、「落ち着いてから、口を開きましょう」と言った。

一体誰が俺を怒らせてると思ってんだ！　諸悪の根源がっ！　俺の一目惚れを返せ！

一口で食べきってしまうクッキーや、色とりどりのマカロン。爽（さわ）やかな酸味のムースは、これは夏みかんだろうか。カップケーキの中にはいちごやブルーベリーのジャムが入っていて、味の変化が楽しい。スコーンはクロテッドクリームを付けて食べる本格的なものだ。

甘い物を食べていると、今度は塩辛いものを求める。それにぴったりの、サーモンとキュウリのサンドウィッチ。そして夏野菜のキッシュ。

がっつかないように食べようと思っても、つい食べる速度が速くなった。

ああ俺は腹が減っていたんだな。だからいつもより怒りっぽかったのか。それにしても、このアフタヌーンティーは旨（うま）いっ！

最後に残っていたサンドウィッチを名残惜（なごりお）しそうに口に入れて、有希は至福の表情を浮かべた。美味しいは幸せと同義語になるんだなと、しみじみ思う。

天川家とは……と祖父が話すのを聞くのは面倒だったが、アフタヌーンティーの代金代わりだと思えば耐えられた。とりあえず、天川グループは有希でもＣＭで知っているほど有名で、一族の人間がグループの中枢を担っていることは理解した。

「お茶のおかわりをどうぞ」

「あ、ありがとう。菓子もそうだが、お茶も……凄く旨い。こんな旨いアールグレーのミルクティーを飲んだのは、母さんの淹れてくれたもの以来だ」

明希はカップケーキを銜えたまま、深く頷いて同意を示す。

「……彩花は料理は壊滅的だったが、紅茶を淹れるのは一族の誰よりも上手かった」

祖父の言葉に、有希は「そっか」と頷いた。

「俺は、両親が出会ったいきさつも、自分たちに親戚が一人もいない理由も、何も知らな、知りません」

年長者には敬語を使う。両親に躾けられたことの一つだと思い出した。

「それはいい。追々聞かせよう。今大事なのは、お前が、天川グループの跡継ぎの一人になれるか否かだ。数ヵ月で、庶民が経済界、財界に多大な影響を与える名家の令息になることは無理だろうと思う。いや無理だろう！　だからここで両手を上げてしまった方が楽だと思うが、お前はどうしたい？」

有希は目をまん丸にして、祖父を見た。

祖父は渋い表情で「お前の好きにしなさい」と付け足す。

「え？　いやだから、名家の令息？　意味がまったく分からないんだけど？」

するとと祖父の視線が悠生に向けられた。

「ここにお連れするのが精一杯でした」

祖父は、視線を悠生から有希に移す。

「二ヵ月だ。二ヵ月で、天川家の一員として恥ずかしくない人間になりなさい。二ヵ月後に、天川家の一員としての、お披露目パーティーを開催する」

「一方的に言われても、俺には店がある」

「従業員に任せておけばよかろう」

「俺は天川家なんて知らないし、関係ない。今まで何もしてこなかったんだから、これからも俺たちにちょっかい出すなよ」

すると祖父は低く呻く。正論にどう立ち向かおうか、思案している雰囲気が見えた。

「まったく。あの男によく似た顔で言われると余計に腹が立つ。……お前がいいとしても、弟はどうする」

「俺がちゃんと育てる。両親の墓の前で約束したんだからな」

「天川家なら、最高の環境を約束できるのだぞ？　やってみたい習い事も好きなだけさせてやれるし、ペットを飼うこともできる。旅行だって、行きたいところに連れて行ってやれる。あれもこれもだめという言葉はない。すべてイエスだ」

祖父が言い切った前で、有希は衝撃を受けていた。

天川家を知らなかった頃は「今の自分がしてやれる精一杯をしてやろう」で済んだが、知ってしまった今では決意が揺らぐ。

天川家ができる精一杯と、自分の精一杯は、きっと比べものにならない。

「……二ヵ月か」

「グループの中枢に位置する天川家の一人として、どこに出しても恥ずかしくない立ち居振る舞い、礼儀作法、話術を完璧にこなせるか？　ああたしか、ダンスもあったな」

祖父の台詞にごくりと唾を飲む。

「兄ちゃん！　僕、海じゃなく市民プール好きだよ。ガリガリアイスのおやつも好きだし、卵サンドも好きだよ？　田中のおばあちゃんちにいけば猫触れるし！　お稽古事はいっぱいしたらお店のお手伝いできなくなっちゃうし……」

ああもう、そんなことを言ってくれるな弟よ。兄ちゃん、お前のためにいっぱい頑張ってやりたいんだよ。

自分の顔を覗き込んで一生懸命話す弟が可愛い。その弟のために、今、自分ができることをしてやりたいと心から思った。

「俺が二ヵ月で完璧な坊っちゃんになれば、俺はまあ……ともかくとして、明希には将来のための最高の環境が約束されるんですか？」

祖父が一瞬、言葉に詰まったように見えた。困惑しているようにも見える。

だがすぐに厳めしい表情に戻って「約束する」と頷いた。

ならばためらいはない。こっちは、何も失うものはないのだ。受けて立ってやる。

「分かった。じゃあ、その下らない賭けに乗ってやるよ。立派なお坊っちゃんになってやる！」

宣言したからには、最大限努力する。

「ならば、この離れを住まいにすればいい。遠池、あとは任せた」

「かしこまりました」

悠生が一礼し、祖父は部屋から出て行った。

「……とにかく俺は、一度店に戻って、織部さんに店を頼んでそれから……」

ティーカップに残っていた紅茶を一気に飲み干して、これからのことを考える。

「織部様にはすでにお伝えしてありますし、お二人が必要だと思われるものは、すでに隣の部屋に用意してあります」

澄まし顔の悠生に、有希が「いつ？」と尋ねると、「あなたが寝ている間に」と言われた。

「あー……そうかよ！　でも、織部さんには連絡をしたい。店は一人じゃ無理だから、もしバイトを雇えるなら」

「それでしたら、すでに一名、ヨシノ生花店に派遣しました。花や樹木に詳しい青年ですので、問題はないかと」

こういうのも、いたれりつくせりと言うのか？　言っていいのか？

有希は心の中で悠生に突っ込みを入れつつも、彼の仕事の速さに驚いた。

「えっと、その……」

「今度は、私の話を大人しく聞いていただけますか？」

「聞く。というか、そもそもあんたが不穏なことを言わなければ、俺だってあんな態度は取らなかったっ！」

「思わず見惚(みと)れてしまいまして」

「見惚れるって？　花に？」

すると悠生は曖昧(あいまい)な笑みを浮かべて「さて」と話を切り出した。

「改めて自己紹介させていただきます。私は遠池悠生と申します。あなたには今から二ヵ月で立派な令息になっていただきます。これからよろしくお願いいたします。私が指導教育するのですから、成功したも同然です。よかったですね」

「あ、芳野有希です。よろしくお願いします。……あんたが先生？」

「あんたではなく、あなた。もしくは遠池さん、または先生と呼んでください。どんなに言葉遣いを矯正(きょうせい)しても、ふとした瞬間に素が出ることも多いです。まずは、その素を出さないように徹底的に言葉遣いを直しましょう。それから……」

「待って。少し待ってくれ。遠池さんは一体なんなんだ？　ええと、どういった職業？」

「トータルコーディネーターです。執事もいたしますが、青少年に礼儀作法を教えることも少なくありません。天川様とは去年から専属執事として契約をさせていただいております」

一分の隙もない、凛とした立ち姿を見て、「なるほど」と思った。自分の一目惚れは正しかったのだと、なんの根拠もないがそう思った。

明希は「羊さん！」と言って、悠生に「執事です」と言葉を直されている。

「拉致までできるんだもんな……なんでもできるマンってヤツか。まあいい。俺はもう決めたんだ。これからよろしく頼む」

有希は右手を差し出す。

悠生は少し困った顔で笑い「そういうときは、よろしくお願いします、ですよ。有希様」と言ってから手を握った。

「僕も握手する！」

明希は椅子から降りて、兄の手の上に自分の手を乗せる。

「ゆーせーさんよろしくお願いします！　僕、ここから友達のところに遊びに行っていい？」

「お花屋さんからこの屋敷までは離れていますので、車で行きましょう」

「僕、今、自転車に乗る練習してるから、自転車で行ってもいい？」

これには、有希と悠生はすぐさま「ダメだ」「いけません」と答えた。

「お友だちと遊ぶときは車で。自転車の練習は庭でいたしましょう」

「うん」

「返事は『はい』と言いましょう」

「はい！　僕、探検してきてもいいですか？」

明希は悠生が「どうぞ」と言う前に、大きな扉を開けて部屋から出て行った。

「俺より明希の方が名家の令息に見えるよな……」

「そうですね。しかし私は、困難な課題に燃えるたちですので、あなたを立派な紳士にして差し上げますよ」

「令息ならともかく、紳士なんてなあ。でも、あのジジィに馬鹿にされっぱなしっていうのも悔しいから、紳士でも令息でもなってやるよ」

「言葉遣いへのペナルティを考えなくてはなりませんね、有希様。態度ががさつなだけでなく、言葉遣いもなっていないとは。この先……」

「思いやられるって？」

「まさか！　むしろ教え甲斐(がい)があって嬉しいです」

悠生がニヤリと笑った。

初めて会ったときは、白薔薇の化身とかスーツを着た王子様とか思ったのに、今の表情は猛獣を躾ける「調教師」だ。

　有希はおもわず身の危険を感じて、一歩下がる。

「私が怖いのですか？　可愛いですね」

「……二十歳の男に可愛いってなんだよ」

「あなたは私よりも八歳年下ですから、可愛いで通ります」

　悠生が一歩踏み出す。

　彼が近づいてくるたびに有希は後退るが、とうとう壁に追い詰められた。

　端正な顔の男に見下ろされて、しかも逃げられないように両手で「壁ドン」されている。

「パーソナルスペース、無視すんなよ。男でも、あんたぐらい綺麗な顔だと……こっちはいろいろと困るんだよ」

　心の準備をしてないからっ！　というか俺、どうなっちゃうんだよっ！

　有希は悠生の顔を間近で見ながら焦った。

「困ってもらえると嬉しいですね」

　とてもいい笑顔で言われて混乱する。

「俺は嬉しくないんだけど……っ！　なあ、いつ弟が戻ってくるか分かんねえんだからさ、いい加減離れてくれよ」

　恥ずかしいし、緊張で心臓がドキドキする。

見つめ合っていられないと視線を逸らしたら、今度は耳元で「いいペナルティを思いつきました」と囁かれた。

「おいっ！　囁くなよっ！」

よく爆死をしなかったと、有希は自分を褒めた。それだけ、彼の囁き声は体と心に甘く響く。

「間違った言葉遣いをしたらキスをしていただきましょう」

今、なんて言いましたか？　この男は。

有希は視線を悠生に戻し、口をぽかんと開けた。

「一度目は大目に見ます。何をどう直せば分からないでしょうから、私が丁寧に説明しましょう。ですが、同じミスを二度したら、ペナルティです。私にキスをしていただきます。よろしいですね？」

「なっ！　えっ？　よろしくないですっ！　まったくよろしくないです！　なんで俺がっ！　あんたに……じゃない、あなたにキスなんて……っ」

「もしや、キスは初めてなんですか？」

この男は、諸悪の根源だけでなく悪魔だ。こんな男に一目惚れをしたなんて情けない。

有希は「だったら悪いかよ」と唇を尖らせる。

ああまたきっと、言葉遣いがなってないと言われるのだと思っていたら、返ってきた言葉は「それは素晴らしい」だった。意味が分からない。

「キスが初めてということは、有希様はまだどなたとも性交していないということでしょうか？」

なんでそんな嬉しそうな顔で聞いてくるんだよっ！　この悪魔っ！　人でなしっ！

有希はヤケになって「その通りですよっ！」と大声を出した。

「最高です、有希様」

「俺は最悪の気分です。未経験の俺がそんなに素晴らしいですか？　俺は恥ずかしい」

「今は『俺』でも構いませんが、公の場では、『俺』ではなく『私』と言ってください」

悠生が、壁に押し当てていた手を離し、有希の頬を優しく撫でる。

「分かった。覚える……」

「素直なのはいいことです。私としては、もう少し抵抗していただく方が楽しいのですが」

「いや、そっちの方が絶対に怖い目に遭う」

「怖い目とは？　何をされると思っているんですか？」

悠生の指が、有希の頬から顎を辿って唇に触れた。

「いや、何をされるかまでは想像してなかったけど……あんたは綺麗なのに得体がしれないから……」

「はいペナルティ。『あんた』ではなく『あなた』。もしくは『遠池先生』です。私はあなたの教師ですから」

ペナルティって……。

悠生が笑顔で、自分の頬を指さした。

そこにキスをしろというわけか。

「……俺のファーストキスが。こんなところで……」

「頬へのキスで嘆かないでください。ファーストキスなど簡単ですよ」

悠生の頬にキスをしようと、ぎゅっと目を閉じて顔を近づけたのに、次の瞬間、唇に何か柔らかいものが触れた。

悠生の唇だと気づいたときにはもう遅い。

「もっと高度なキスは、またの機会に」

体が先に、事態を把握した。

有希はヘナヘナとその場に座り込み、顔だけでなく首から上を真っ赤にする。

「俺の初めてを本当に奪った……っ！」

おそらく一生の思い出になるであろう初めてのキスは、「季節は問わないが、時間は夕暮れ。遠くで電車が走る音が聞こえる川沿いの土手。もしくはさざ波が打ち寄せる砂浜。さり気ない会話が途切れて、でも見つめ合ったまま目を逸らすことができずに、いつしか顔を寄せ合い、目を閉じ……」という、細かなシチュエーションを考えていた。

なのにこんなところで。しかも相手は同性。しかもついさっき一目惚れを自覚した男だ。

自分は「今はお友だちのままで付き合っていければ……」と思っていたのに、あっという間に最終ハードルを飛び越えてしまった。

しかも腹が立つことに、悠生はそういうことに慣れている。

「なんで、こんなことに……」

夕暮れも川沿いの土手も砂浜もない。

有希が実感しているのは、悠生の唇の柔らかさだけだ。

人の唇って……こんなに柔らかくてふわっとしてるのか。あと温かい。キスって気持ちいいんだな……。凄くよかった。

だが、その唇の持ち主が悠生であることを思い出し、低く呻く。

喜びたいのに素直に喜べない。

「そんなに嫌でした？」

「平然と感想を求めるなよっ！」

「気持ち悪かったですか？」

悠生がしゃがみ込み、有希と視線を合わせて尋ねる。

「気持ち悪くなかったから……こうして自己嫌悪に陥（おちい）ってるんじゃないかっ！　諸悪の根源のくせに！　俺のファーストキスを奪いやがったっ！　一生の思い出が台無しだっ！」

初めてだけど、多分、これだけは言える。

悠生としたキスだから気持ちよかったのだ。誰とでも気持ちよくなれるわけがない。自分はそんなふしだらな人間ではないと、有希は心の中で胸を張る。

だがそれを悠生に言うのは少し悔しかった。

「触れるだけのキスでも気持ちよかったんですね？　それはよかったです」

「よくねえよ！」

「……触れるだけで気持ちがいいなら、違うキスをしたらどうなってしまうんでしょうね？　有希様」

唇を押しつけるように耳元で囁かれて、「あ」と変な声が出てしまった。

「私の声で感じてしまったのですか？」

「や、やめろ……、やだ、もう……っ」

耳元で囁かれるだけでなく、耳を撫でられる。

悠生の右手でくすぐるように優しく撫でられて、くすぐったさに肩がすくんだ。

「や、あ……っ、耳っ、やだ……っ」

いやだと言っているのに触られているうちに、股間に熱が集まってくる。

指の腹でそっと撫でられ、息を吹きかけられるとぴくんと腰が揺れた。情報でしか知らない愛撫(あいぶ)は、いざされると体が過敏に反応してしまう。

有希は両脚をもじもじと動かして、体の昂(たか)ぶりを堪えながら、涙目で悠生を見た。

「ずいぶんと可愛らしい顔になりました。私に耳を弄られて感じていますね？　服の上からでも分かるほど、ここが盛り上がっていますよ、有希様」

「ひゃ、あっ、そんなとこ、さわんな……っ、あ、だめ、だめだって……っ」

恋人でもないのに、こんな、いきなりの行為なんてだめだ。それとも男同士ならありなのか？　こんな恥ずかしいこともありか？

ジーンズの上から指先で股間をそっと押されて恥ずかしい。

恥ずかしいのに、悠生の指でもっと気持ちのいいことをしてほしいと思ってしまった。

何もかもが初めてなのに、こんな淫らなことを思うなんて最低だ。

「トイレ、行くから……っ」

「行かせません。何もかもが初めてなのでしょう？　ならば私が、すべてを教えて差し上げます。有希様、腰を上げて」

あやすように優しく頭を撫でられ、そっと髪を梳かれる。

「だめ。明希が戻って来る」

教えるって？　付き合ってないけど、あんたは「先生」だから？　男同士だから？　たしかに俺はよく知らないけど……。

有希は吐息を漏らし、悠生に頭を撫でられた。

「大丈夫です。さあ、あなたの感じている顔を私にもっと見せてください」

恋愛じゃなく指導教育なのか？　俺、最初からもう失恋確実？

男を好きになった責任を取ってくれと言いたくなったが、そんな情けないこと言いたくない。

それに、告白してなくても恋愛とは関係なくても、悠生の指は果てしなく気持ちがいい。

ヤバイ。気持ちいい。我慢できない。自分が、気持ちいいことにこんな弱いとは思ってなかった。なんて破廉恥なんだ俺は。

出会ってまだ一日も経っていない。そして悠生がどんな人間かもよく分からないのに一目惚れしただけでなく、こんなふうに弄られて感じてる。

「あなたがこんなに感じやすいなんて、他の誰かに知られたら大変ですね……」

「秘密にして欲しい。誰にも言わないでくれ。俺が、こんな恥ずかしいことするなんて知られたくないんだ、先生」

有希のジーンズを脱がそうとしていた悠生の動きが、ピタリと止まる。

「どうしたんだ？　先生……」

「今の、もう一度」

「え？　先生……？」

「はいそれ。もう一度、私を呼んで」

「遠池先生」

するとと悠生は花も恥じらう微笑を浮かべ、「素晴らしい」と言った。

有希には彼が喜ぶ意味が分からなかったが、深く考えないようにした。

「これは、私たちだけの秘密ですよ、有希様」

「ん。秘密じゃなきゃ、こんな恥ずかしいこと……無理だ」

ジーンズを脱がされて、脚を左右に大きく広げられた。

悠生がその間にしゃがみ込んだので、有希はもう脚を閉じることができない。

勃起した陰茎がボクサーパンツの中で窮屈そうにテントを張っているのが丸見えになる。

下着の上から指でなぞられただけでも射精しそうなのに、悠生の右手が下着の中に入って直（じか）に握られた。

俺が初めてだって知ってるくせに、そんな、最初からいきなり、そこかよ。でも、気持ちいい。一目惚れした相手にこんないやらしいことされて、感じてるっ。

「あ、あっ、なんだよこれっ、やっ、あ、ああっ、気持ちいいっ」

他人に触られるのがこんなにいいものだと初めて知った。

弱くて敏感な場所ばかりを指先で悪戯（いたずら）されて、ひくひくと腰が勝手に動いてしまう。

意地悪な指の動きに興奮して、「あ」と甘ったれた声が出た。

有希は悠生のスーツに縋（すが）り付き、「イッちゃうよ先生」と喘（あえ）ぐ。

「あなたに先生と呼ばれるのはいいですね。実にいいです。背徳は快感です。本当はもっと焦（じ）らして差し上げたかったのですが、射精を許しましょう。顔を見せてください」

先走りでとろとろになった陰茎を強く扱き上げられて、高みへと追い詰められる。

「や、見んな。見ないで……っ、恥ずかしい……っ」

けれど有希は、悠生の綺麗な顔から視線を逸らすことができず、とろとろと溢れる蜜で下着をぐっしょりと汚す。

「さあ、私に見せてください。有希様の、いい顔」

「あ、は……っ、あ、あ、あ……っ、んんっ、も、だめ……っ」

自分の思い通りにならない、他人に射精を管理される快感にとっぷりと浸かって、有希は悠生に見られながら下着の中に射精した。

「っ、は、ぁ……っ、あっ」

残滓を外に押し出すように射精後もゆっくりと扱かれると、くすぐったさが背筋を駆け上がって来る。

「最高に可愛らしい表情でした。ほんの少し弄ってあげただけで、こんなにたっぷりと精液を出すなんて有希様はずいぶんといやらしい体をお持ちですね」

そんなこと言われたら、また恥ずかしくなって、それで、勃つから。俺、どうしよう。もっと先生の指で弄られたい。好きな相手にそういうことされたいって思うの、普通、だよな？

有希はそう思い、悠生に下着を脱がされながら荒い息を整える。

「替えの下着を持って参ります」

脱力と羞恥と快感で頭がよく回らない。

有希は悠生にいくつもの「初めて」を奪われて、本来なら「早すぎる」と憤慨すべきなのに、快感の余韻に浸った。自分がヤバイ。

これも全部、「惚れた弱み」というやつだ。

言いくるめられて、見つめられて、囁かれて。「好きです」と告白する前に、幾つもの初めてを奪われた。

惚れた弱みは本当に恐ろしい。自分はこれから、どうなってしまうのかも予測できない。

本当に、悠生の外見は素晴らしい。何時間見つめていてもきっと飽きることがないだろう。もしかすると、見れば見るほど美しさが増すかもしれない。それはちょっと嬉しい。

あれこれ魔性の美形だ。やっぱり悪魔だ。

「ヤバい……」

それでも有希は、自分が抵抗らしい抵抗をしなかったことに自己嫌悪する。

初めてなのになんの抵抗もないのはダメだったような気がする。何かの雑誌で読んだ。

しかし、好きな相手に迫られたら抵抗なんてできない。

「俺、弟をちゃんと育てるって約束したのに……こんな、淫乱みたいなことしてたらダメだろ。人に見られて射精とか、マジ淫乱だろ。童貞なのにビッチかよ俺……。気持ちよかっただけに最悪だ」

「童貞ビッチですか。スーパーNGワードに耳を疑いますが、しかし、私は嫌いではありません。いえむしろ、己の性癖に突き刺さってきますね」

下着と濡れタオルを持って現れた悠生に真顔で言われて、有希はますます心に傷を負った。

「そんな肩書きいらねえからっ！」

「当然です。ビッチのようなNGワードを私が許すとでも？　絶対に言ってはいけません。強要されたら……それについては話は変わりますが」

「待って！　それ意味分かんないっ！」

「今は分からなくても問題ありません。私があなたの教師として、あなたの知らないすべてを教えて差し上げます。さて、立ち上がれますか？」

いい笑顔で誤魔化された。

有希はムッとした顔のままゆっくりと立ち上がる。

すると悠生が彼の前に跪き、濡れタオルで下腹を丁寧に拭き始めた。

「それ、しなくていいっ。自分でやるっ！　自分でやりますっ！」

「私はただ、あなたの体の汚れを拭っているだけです」

「でもな……っ、あっ、だめ、だめだって……っ」

「綺麗にしておかないと、替えの下着は穿けませんよ？　有希様」

澄ました顔で言いながら、敏感な先端を執拗に拭いていくのが憎らしい。

すでに有希の陰茎は硬く勃起し、新たな先走りを溢れさせている。

「意地悪……っ、なんで、そこばっかり……やだ……ぁ……っ、んんっ」

感じすぎて目尻に涙が浮かんだ。

「拭いた先から漏らしてしまうとは、お行儀が悪いです」

「だから、も、だめだって……っ」

鈴口を指の腹でねちねちと擦られ、焦らされる。一度達した体はより敏感になって、悠生の悪戯に過敏に反応した。

鈴口を愛撫されたまま、勃起した陰茎に引っ張られた陰嚢を掌で優しく揉まれた有希は、これが自分の声かと驚くほど艶やかに喘ぐ。

「ここが、好きなのですね。可愛い人だ」

「あ、ぁ、だめっ、そんな、俺初めてなのに……っ、先生の、先生の手が、そんなところ弄るからっ、あ、や、やだ……っ」

優しく揉まれ、掌で転がすように左右に揺らされると、快感で頭の中が真っ白になった。

自慰でだって、ここに触れたことはない。

また悠生に「初めて」を奪われた。

とても恥ずかしい、けれど最高に感じる場所を指が這う。

「はっ、あ、あ、あ……っ、これも、先生との秘密、な？　恥ずかしくて気持ちよくて、俺もう死ぬ……っ。また出ちゃうよ……っ、そんな揉まれたらっ、」

「秘密が増えていきますね。いいですよ、二人だけの秘密にしましょう。……本当なら、とろとろにとろけるまで焦らして差し上げるのですが、今は時間がありませんので我慢いたしましょう」

「ん、んんっ、俺、また出るっ、射精する……っ、先生ぇ……っ」

濡れタオルごと陰茎を扱かれた有希は、体を丸め、悠生の背中に縋るようにして射精した。

「二回目にも拘わらず量は多いですね。それだけ敏感でいやらしい体ということでしょうか」

「も、勝手に言ってろ……」

有希は「先生の馬鹿」と悪態を付け足す。

「言葉遣いのペナルティは、明日に持ち越ししておきましょう。あなたから私にキスをするのですよ？　分かっていますね？」

「分かってる。……俺たちの秘密だろ。二人きりでいるときだけ」

「ええ、もちろん」

よかった。

この秘密は他の誰にも知られたくない。二人だけのものにしたい。

有希は疲れた振りをして悠生の肩にもたれながら、心の中で呟いた。

ここは天川家の別邸だという。

樹木が生い茂り花が咲き乱れる広大な庭と、一部三階建ての立派な洋館。どんな様式なのか、建築に疎い有希にはさっぱりだが、エントランスを飾っている神殿のような柱は気に入った。

『いやもう、本当に心配しましたよ。店に戻ったらイケメン君が花束作ってるし？　説明されても最初はにわかに信じられなかったし！』

織部に連絡をしたら、「こっちはどうにかなるから、そっちでの仕事を頑張りなさい」と激励された。

イケメン君がどんな説明をしたのか、織部の話から「芳野兄弟は二ヵ月の泊まりがけで祖父母の邸宅の庭改造プロジェクトに参加中」とのことらしい。

ある意味改造プロジェクトだ。それは正しい。

屋敷の使用人たちも悠生に紹介してもらった。

あんなことをしたあとに、「では厨房に行きましょう」と言う神経はどうかしていると思ったが、これから世話になる人たちに挨拶をしない方がいやだった。

シェフの近藤さんと、弟子の矢井田さん。

ハウスキーパーは全員女性。三澄さんと渡辺さん、浜田さんの三人。

みな、有希たちのために本邸から呼ばれてここに来たという。

みな住み込みで、屋敷の東棟を使っている。

話すと気さくで、しかも近藤さんは両親のことを知っていたのが嬉しかった。

ここで衝撃的だったのが、父が天川家の庭師をしていたことだ。

「庭師と令嬢の恋物語か。どうりで母さんが浮き世離れしてると思ったよ……」

「兄ちゃんっ！　じゃなかった、お兄ちゃんっ！　ここにいたんだね！」

悠生から「夕食は七時です」と言われたので、それまで屋敷内をのんびり散策していた。

というより、あの部屋にいたらいつまでも悶々といけないことを考えそうだったので、逃げ出したと言った方がいい。

弟はずっと探検していたのか、喜びと興奮で大きな目を輝かせて、有希に抱きついた。

「その言い方は、先生から習ったのか？」

「うん！　じゃない、はい！　あとね、これ……ちゅーぼーというところで、シェフの近藤さんにお菓子をもらったの！　お兄ちゃんにも一つあげる」

明希が半ズボンのポケットから取り出したのは、ラップされたフィナンシェだった。

「今日はおやつばっかりだな。晩飯、ちゃんと食べられるのか？」

「大丈夫！　しかも！　今夜はハンバーグだって！　デザートにはプリンも出るって！　僕、ハンバーグとプリン大好き……っ！」

両手を合わせて「夢みたい」と言う弟が可愛くて、有希は「よかったな」と明希の体を抱き上げる。

家でこれをやると頭上注意になるが、ここは天川家別邸。天井は遥か上だ。

「ここのお庭、今は向日葵がいっぱい咲いてるから、あとでこっそり摘んでお店に持って行こう？　お兄ちゃん」

有希は「ブフッ」と噴き出してから、「それは泥棒になるからダメだな」と言った。

「そっかー……泥棒はダメだねー。そうだ！　僕の自転車が作業小屋に置いてあるって！　まだ明るいから一緒に行こう！」

有希が返事をする前に、明希は兄の手を引いて外へと歩き出した。


サラダもスープもハンバーグもプリンも、何もかもが旨かった。

食事は厨房で、住み込みの使用人たちと一緒に食べた。

ダイニングで二人きりで食べるより、みんなで食べた方がいいと、有希が無理を言ったのだが、みな意外にもあっさりと「有希様がそうおっしゃるなら」で決まった。

もちろんそこには悠生もいた。

彼は「テーブルマナーはここでも覚えられます。むしろ、彼らは厳しい教師となってくれるでしょう」と言って笑った。

だから厨房で食事をすると言っても、横から口を出さなかったのかと、有希は心の中で「ぐぬぬ」と呻く。

結果、「あら満点じゃないですか！」「そうそう、それでいいのです」と使用人たちから拍手喝采を浴びた芳野兄弟は、テーブルマナーを体に叩き込んでくれた母に感謝した。

備え付けの風呂から上がり、テレビで今晩のニュースを見る。

パジャマ姿でソファに身を預け、オットマンに脚を乗せたまま、ぼんやりとテレビを見ていたら、明希が横に腰を下ろして、そのまま有希の胴を枕に目を閉じた。

「寝るならベッドにいきなさい」

「僕はお兄ちゃんと一緒に寝たい」

「甘ったれめ」

「…………兄弟だからいいんだもん。お兄ちゃんばっかり、大変なことをしてる。僕は何も手伝えないのに」

「兄ちゃんは好きでやってるんだからいいの。お前は勉強と運動をしっかりやって、将来は兄ちゃんを楽にさせてくれ」

「うん」

明希が頷きながらあくびをする。置き時計を見ると、もう夜の十一時を回っていた。小学一年生の寝る時間は過ぎている。

「ようやく緊張の糸が切れたか。今日一日、いろんなことが一度に起きたからな」

有希はテレビの電源を落としてから、弟をひょいと抱き上げ、「まだ起きてる」とあくび混じりに文句を言うのを無視して寝室に入り、ベッドに寝かせる。

成人男性が二人ほどゆったりと眠れるだろうベッドの真ん中に、明希がすっぽりと埋まった。

「兄ちゃん、も、一緒……」

一緒に寝てくれと言われたのは久し振りだ。

小学校に入ってから「ぼくはもう小学生だから！」と言って、一人で寝ていたのに。

「明希がもう少し大きくなったら、兄ちゃんウザイとか言われるのかな……」

弟を潰さないよう、慎重にベッドに入る。

「兄ちゃん……」

「はいはい。兄ちゃんはここにいるぞ。お休み」

目を閉じて、「ふう」とため息をつく。

本当に、今日一日でとんでもないことがたくさん起きた。

思い出したら自己嫌悪や罪悪感に苛まれることの方が多くて、自然と眉間に皺がよる。

恋人でないまま、あんなことを続けてもいいのだろうか。いや、だからこその「秘密」だ。

他人の指があんなにも気持ちのいいものだと初めて知った。気持ちよかった。恥ずかしいのにもっとして欲しくなった。男は男の気持ちのいいところを知ってるって言うけれど、好きな相手に触られたから、きっといつもの何倍も感じたのだろう。

「先生……」

一目惚れ、しかも男に一目惚れなんて生まれて初めてだから、どうしていいのか分からないよ。先生も先生で、俺の知らないことを教えるとか言って触ってくるし。それは嬉しいけど、でも、何もかもあやふやなままだ。

悠生の顔や声を思い出すうちに心臓がドキドキしてきたので、強引に脳裏から押しやる。

羊が一匹、羊が二匹。

目を閉じて羊を数える。

「くっそ……」

有希はなかなか眠れず、羊はどんどん増えていった。

目覚ましをかけた覚えはなかったが、体が起床時間を覚えていた。

ベッドサイドに置いた携帯電話を掴んで時間を見ると、午前四時半。

いつも通りなら、支度を調えて食事をして、車に乗って花き市場だが、ここは天川家の別邸。

「そっか。俺は今日からここで名家のお坊っちゃんになる訓練をするんだった」

傍らの明希はまだ眠っている。

「二度寝……するか。今日からハードな一日が始まりそうだから」

寝心地のいいベッドに誘われて、有希は再び横になった。

そして。

「お兄ちゃん、寝坊してるよ！」

三時間後に弟の大声に起こされる。

「え……？　寝坊？」

「そうだよ！　顔洗って着替えて！　僕、お腹がすいた！」

「んー……おはよう……」

二度寝からの寝起きは体がだるい。

有希はゆっくりと体を起こして、ベッドから出た。

「先にご飯に行ってなさい。兄さんはあとから追いかけます」

「ごはんとパンとどっちがいい？」

「兄ちゃんは、今日はご飯がいいなあ」

「わかった！　じゃあ、近藤さんにご飯って言っておくね！」

どうして子供は朝から元気なのだろうか。それとも、夏休みが始まったから元気なのか。

有希はあくびをしながら洗面台に向かい、顔を洗って口を漱いだ。

「さて。何を着るんだ。昨日と同じ恰好でいいのかな……」

「今のところはそれで」

独り言に返答されて、有希は死ぬほど驚いた。

部屋にはいつの間にか悠生がいた。

「あのな……っ！」

「おはようございます。有希様。今日はまず、スーツの採寸を行います。天川家御用達のビスポーク・テーラーから、わざわざカッターが出向いてくださいます」

「カッター、とは？」

「採寸、型紙、裁断、仮縫いまでを行う裁断師のことです」

「なるほど！　立派なスーツができそうだな」

「スーツだけではなくシャツも仕立てていただきます。ちなみに明日は、ビスポーク・シューズの採寸です」

きっちりとスーツに身を包んだ悠生が、有希にうやうやしくTシャツとジーンズを差し出す。

「気を使ってくれるのはありがたいが、そんなお高いものを仕立ててもらっても俺に支払能力はありません。……こんなこと、言いたくないんだけど」

文句を言いながら支度を調えると、悠生に髪を撫でられた。

「寝癖が付いていますね。梳かしましょうか」

悠生がスーツの胸ポケットから櫛を出し、有希の髪を優しく梳かす。

こうして誰かに髪を梳いてもらうのは、小学生の頃以来だ。あの頃は母が「寝癖！」といつも怒っていた。

「はい。これでよし。あなたの髪はとても柔らかくて触り心地がいいですね」

「………ありがとう」

ちょっとこれは……キスするより恥ずかしい。

昨日のことがあるので、毛先を触られたまま言われると、心臓がドキドキする。このままもっと触ってほしいのか、早く離してほしいのか、どちらも選べない自分がいた。

「さあ、食事に行きましょう」

悠生は笑みを浮かべてすんなり指を離し、扉を開ける。

余計なことをあれこれ考えてるのは俺だけかよ。俺と秘密を共有してるくせに。やっぱり、慣れてる人は違うよな～。

いや、やめよう。

そういう邪推は自分が傷つくだけだ。

「俺は、今日から名家の令息だぞ、と！」

小声で言って、悠生のあとを歩き出した。

だし巻き卵は、口に入れた途端に卵と出汁の風味が広がって、あまりの旨さに声を出すのを忘れた。焼き鮭は絶妙の塩加減だし、キュウリとキャベツの漬け物は、刻んだ昆布と梅肉がまぶしてあって爽やかな味わい。さっと焼かれたかまぼこもプリプリした歯ごたえで旨い。ワカメと厚揚げの味噌汁も最高だ。それにご飯も旨かった。

まるで高級旅館の朝食だ。

梅が少し苦手な明希も、気づかずにもりもり食べた。

シェフの近藤と弟子の矢井田は、芳野兄弟の食べっぷりに終始ニコニコしていた。

さまざまなメニューを出してくれるシェフには、本当に頭が下がる。

「明希様は、夏休みの宿題が先です。午前中の涼しいうちに宿題をしましょう。遊びに行くのは昼ご飯を食べてからです。よろしいですか？」

自転車に乗る練習をするために外に出ようとした明希は、悠生に諭されて部屋に戻ってくる。

「お兄ちゃん……」

「兄ちゃんも、遠池先生と同じ意見だ。初めての夏休みで嬉しいのは分かるが、一日の計画を立てて動こう」

「計画……。僕、宿題を先に済ませちゃうよ！　そうすれば、集中して自転車の練習もできるし、みんなと遊べる！」

「朝顔の観察日記も忘れずに…………って、朝顔……」

「ど、どうしようお兄ちゃん……せっかく双葉が出たのに……」

兄弟揃って震えていたところに、悠生が「私が今朝、水をあげましたよ」と笑顔で言った。

「僕の朝顔！　学校で、双葉が出るまでみんなで育てたの！」

「はい。鉢に『一ねん二くみ　よしの　あき』と書かれていたのでもしやと思い、荷物と共に屋敷に運び入れ、庭に移動させておきました」

「ありがとう！　ありがとうゆーせーさんっ！」

明希が力任せに悠生の脚に抱きつき、「よかったよー」と泣きべそ顔になった。

「……ほんと、迷惑をかけた。ありがとう」

有希は悠生に深々と頭を下げる。

「使用人に安易に頭を下げてはいけません」

「これは感謝の印だ。ありがたいことを当然だと思ったらだめだ」

すると悠生は一瞬目を見開いて有希を見つめ、一呼吸置いて「なるほど」と微笑んだ。

「僕、朝顔を見に行きたい。それから勉強する」

悠生の脚にしがみついたままの明希に、彼は「ではハウスキーパーの三澄さんにお願いしましょう。彼女は小学校の教員免許を持っているので、勉強の指導にもうってつけだと思います」と言った。

「それは、俺もありがたい！　俺、勉強を教えるのが下手だから……」

「お任せください。さあ、明希様、私と一緒に三澄さんのところへ行きましょう。有希様は十五分ほどお待ちください」

明希は「お道具箱持ってくる！」と言って、部屋の端に積んであったダンボール箱の中から青のギンガムチェックのバッグを引っ張り出した。

「この中にね、宿題が入ってるの。あと、筆箱と色鉛筆。お兄ちゃん、行ってきます！」

誰も聞いていないのにバッグの中身を説明するのが可愛い。

明希は有希に元気よく手を振って、悠生と一緒に部屋を出た。

いつもなら、この時間は織部と二人で「ちょこ束」を作っている時間だ。

たった一日で何もかもが変わった。

「明希の夏休みが終わったら、実はドッキリでした……なんてことないよな」

まあ、仮に、ジジイたちの下らないドッキリだったとしても、明希は大きな屋敷に喜んでるからいいや。俺はまあ……明希が楽しければそれでいい。

有希は窓を開けてバルコニーに出ると、広大な庭を見下ろす。

綺麗な廃墟……と言っても怒られないと思う。

のびのびと育ちすぎた木々の枝に蔓が絡まり、膝丈ほどの草花が地面を覆っている。辛うじて、歩道らしき石畳が見える。逆に小鳥や小動物には恰好の住処だろう。

自然を活かした英国式庭園のように見えると言えば聞こえはいいが、これは単に手入れが行き届いていない庭だ。

「かくれんぼや鬼ごっこをするにはいいだろうな。あと、カブトムシも確実にいるぞ、この庭園。向こうに生えてる木、あれ杏だろ。向こうにあるのは棗だ。もしかしたら桑の木もあるんじゃないか?」

花だけでなく樹木も好きな両親に、いろんな場所に連れて行かれた。食べものは現地調達のサバイバルキャンプなんてざらで、行くのは好きだが何もできない母の代わりに、父と二人で食料や水を調達したのも、今となってはいい思い出だ。

「手入れしたいな、あの樹木。そんで、花壇も綺麗に整えたい」

今のままでは日陰が多すぎて、低木や草花が上手く育たない。

「結構放置されてたんだな、ここの庭。広いのに勿体ない」

「由里様……あなたのお祖母様から、ここの庭師はあなたのお父様だったと聞きました。そしてこの別邸は、天川家の令息令嬢が何人も住んでいたそうですよ。あなたのお父様が彩花様と駆け落ちしてから、この屋敷は無人となりました。定期的にハウスキーピングされていましたが、今回、実に二十年ぶりに人の住む屋敷となったわけです」

　祖父に聞こうと思っていたことを、悠生が教えてくれた。

　もしやとは思っていたが、こうして聞かされるとびっくりする。あの温和な両親にそんな情熱的な事件が起きていたなんて。

「凄いな。もしかして、こういうことは祖父さんに聞くよりお祖母さんに聞いた方がいいのかも。女子の方がこういう話が得意だ」

「でしょうね。しかし由里様との対面はもうしばらくかかるでしょう」

「え？　祖父さんが会わせてくれないとか？」

「今の時期、由里様はバカンスで欧州にいます。静様は、それに合わせてあなた方をここに連れて来られました。由里様は大変ロマンティックな方ですので、話が大事にならないようにした、とも言えます」

　悠生が少し困った顔で微笑んだので、祖母がここにいたら本当に大変なのだろう。

「そうか」

「ところで有希様」

「ん？　何？」

「ペナルティです。ご自分の祖父を『祖父さん』と呼ぶのは如何なものでしょうか」

　うっ。

有希は窓を閉めてレースのカーテンを引いた。

部屋の中に生温かな外気がずいぶん入り込んでしまったが、空調が動いているのですぐに適温になるだろう。

だが有希の掌はじっとりと汗ばんだまま。

「有希様」

「わ、分かったよ……っ」

真顔でねだられるとちょっとだけ怖いです。先生。

大股で悠生に近づき、ほんの少し背伸びをしてから彼の唇に自分の唇を押しつけた。

「はい、おしまいっ」

「可愛いキス過ぎて物足りませんが、到着されたカッターをお待たせするわけにはいきませんので、また後でということで」

え？　ペナルティは今のキスだけじゃないの？　俺、そんなに酷い喋り方してないぞ。

有希は自分の放った言葉を思い出しながら、悠生について部屋を出た。

ここで店を開くかと思うほどのたくさんの生地や付属品が、応接室に所狭しと置かれていた。

その中心には、メジャーを持ったカッターが穏やかな笑みを浮かべていた。

本来なら来店して行うことを、祖父が無理を言って別邸で行うことにしたのだと聞いた。

「お写真を拝見して、お似合いになりそうな生地をこちらである程度用意しましたが、問題ないようですね」

優しい声と穏やかな微笑みがありがたい。

こういう人たちを一流というのだろう。

採寸前のお喋りで、ずいぶんリラックスできた。

父親と同年代のカッターは、有希が生花店で働いていると知って、花に関するエピソードを話してくれた。花束を渡すタイミングに失敗して失恋した、母がドライフラワーを腐らせたなど、巧みな話術で有希を笑わせてくれた。

スーツとシャツの生地とボタン、襟のデザインを選ぶ最中でも、「一着はスポーティーなものもよろしいかと思います」と言って、例を挙げながら分かりやすく教えてくれた。

「では仮縫いのときにまたお目にかかりましょう。仮縫いまで私が担当いたします」

そうだった。縫製は違うのだ。でも今日採寸したシャツとスーツは素晴らしいものになりそうな気がする。

名残惜しかったので玄関まで見送ろうとしたら、悠生に「あとは私が」と手で遮られた。

彼の行動はスマートだったが、目が「それは令息がすることではない」と怒っていて怖かっのでで我慢する。


た。だったらさっさと礼儀作法を教えやがれと思ったが、それを口にしたらまたペナルティな
のでで我慢する。

「出来上がりが楽しみだ」

でもいいのか？　遠池先生の言ってたスーツの数が信じられないんだけど。なんで五着も頼
んじゃうの？　シャツなら分からなくもないけど……。

スーツ生地は、触れた瞬間に「これ高い！」と分かるほど触り心地がよかった。シャツの生
地もサラサラして頬摺りしたくなるようなものだった。

有希にとって、心臓が痛くなるような金額に違いない。

ついでに、請求書があの祖父のもとに行くのだと思うと、眉間に皺が刻まれる。

「有希様」

「は、はいっ！　なんでしょうか遠池先生！」

「見送りは使用人に任せてください」

「了解しました」

「……ここは軍隊ではありませんので、普通に『分かりました』で」

「はい」

「では、昼食にしましょう」

そんなに時間が経っているとは思わなかった。

会話が楽しくて時間が経つのを忘れていたが、カッターがやってきたのは九時半だ。

「採寸に二時間半か……。生地も選んでいたから長かったのかな」

「そうですね。ところで明日の午前は靴の採寸です」

「分かりました」

もういい。なんでも許ってくれ。俺はまず形から坊っちゃんになる。

「腹減った」

「その場合は、『お腹が空きました』ですね」

「独り言ぐらい好きに言わせてください」

「その甘えが、名家の令息への道を遠ざけます」

ああもう。この悪魔めー。こんな悪魔を好きになった俺の馬鹿っ！

有希は心の中で悪態をつき、ペナルティのために悠生にキスをした。

百七十五センチの身長があるのに、キスのたびに背伸びをしなければならないのが悔しい。

悠生との差十センチが、本当に腹が立つ。

「事務的ですね。これはいけない。対処を考えましょう」

「余計な対処はいりません」

有希はそう釘を刺し、早足で厨房に向かった。

目玉焼きの乗った焼きそばは庶民の大好きな味。

焼きそばだけでなく、おにぎりと豆腐とネギの味噌汁もある。

箸休め(はしやす)の漬け物は、瓜(うり)の味噌漬け。

一足先に食べていた明希は「最高に美味しい」と、口の端に卵の黄身を付けて笑った。

弟が幸せだと兄ちゃんも幸せだ。

そして、この焼きそばは最高に旨い。途中まで普通に食べて、半分は半熟の黄身を潰して麺に絡めて食べる。まろやかな味の変化がたまらない。

「旨い……っ」

悠生も、軽く頷きながら黙々と焼きそばを食べている。

「昼飯は俺が作りました。おにぎりの具は、鶏(とり)そぼろです」

胸を張る矢井田に、有希が「何もかも美味しいですが、特に瓜の味噌漬け美味しいです」と感想を言う。

「ほんと？　俺のオリジナルです。粕(かす)漬けより味噌漬けの方が好きなんだよね！」

元気よく語っていた矢井田は、近藤さんに「敬語！」と言われて肩を竦(すく)めた。

「すみません、有希様。でも、瓜の味噌漬けを褒めていただけてとても嬉しいです」

「いいえ。本当に美味しかったから。これからも美味しい料理をお願いします」

多分、この言い方で合っている。箸使いも完璧。指摘されることはなにもないぞ、と。

有希が内心安堵していると、明希が「午後から自転車の練習したい」と言ってきたので付き合うことにした。


レッスンの合間に弟が自転車に乗れるようになる練習を手伝う。たとえ転んでも、周りは草だらけなので酷い怪我はしないだろう。

明希は「ここ、虫がいっぱいいるね！」と、自分が捕まえたバッタを三澄に見せたら悲鳴を上げられた。

虫が苦手な人は多いから、ちゃんと気を付けるようにと叱ったが、明希はいまだに、その件に関しては信じていない。

そして。

今日も今日とて、「庭を探検するからお兄ちゃんも一緒！」と呼び出された。

悠生は「後から参ります」と言って、途中で別れる。

日差しは厳しいが、長袖シャツに帽子を被って庭に出た。

明希曰く「ここのお庭はジャングルだね」

歩道は崩れかけた石畳で歩きにくい。

セミが鳴き、歩くたびにバッタが飛ぶ音が聞こえる。

今の時間は蝶たちは木陰で羽を休めているだろう。

地面を覆うように生えているのが芝なのか雑草なのか分からないし、大きな池はすっかり浅くなってカエルたちの家になっている。

小鳥たちの水飲み場になっているようで、それを狙ってか小さなヘビまでいた。

両親とサバイバルキャンプをしていただけあって、有希は小動物や虫を見ても平気だった。

さすがに毒のあるものからは距離を置くが、それ以外はあまり気にしない。

「父さんが手入れをしていた庭だから、腹が立って放置したくなる気持ちも分かるが、手入れをしてこその庭園だろうが。つーか、薔薇があるのに放置ってなんだよ。虫が湧くぞ」

これは剪定よりも、歩道の整備と芝刈り、池の掃除が先だと思った。

礼儀作法の訓練の間にできそうな予感がするが、悠生は何と言うだろう。

「お兄ちゃん、僕、今から自転車に乗る！」

庭の探検に飽きたのか、それとも自分の背丈ほどもある草花に恐れを成したのか、明希は作業小屋に向かって走り出し、自分の自転車に乗ってきた。

よろめいて、いつ倒れるんじゃないかとヒヤヒヤするが、本人は満面に笑みを湛えている。

どうにか補助輪なしで自転車に乗れるようになったことを証明するため、明希は「証拠の写真撮って！」と笑っていた。

ああもう、兄ちゃんは幸せだ。

携帯電話のカメラで弟の勇姿を何枚も撮り、ついでに動画も撮った。

「有希様」

悠生が飲み物を持ってやってきたのはいいが、大きなトレイにお茶のセットは大げさだ。

「ありがとう。えっと……どこに置きますか？」

とりあえず敬語で喋っていればペナルティはないだろう。

有希はテーブルを探したが、その前に悠生が近くの庭石の上にトレイを置いた。絶妙のバランスで水平になっている。

「この場所はトレイを置くのに丁度（ちょうど）いいんです」

「なるほど！」

「飲み物はアイスティーでよろしいですか？」

「ありがとう。俺にはレモンを入れてください」

「『俺』ではなく『私』です。ペナルティは後日いただきます」

「え？　後日？　え？」

それってどういうことだよと慌てるが、明希が「ミルクティー！　冷たいのください！」と言いながら駆け寄って来たので、その話は中断された。


その日の夕食は夏野菜のカレーだった。

野菜だけでなく、豚の角煮のような大きな豚肉がゴロゴロ入っていて最高の食感だった。

こんなに食べ甲斐のあるカレーは初めてだ。

デザートは夏みかんのムース。甘酸っぱさが最高に旨かった。

悠生に翌日のスケジュールを聞かされて、弟と一緒に部屋に戻る。寝室は別だったが、ここに越してきてからずっと一緒に寝ている。

もしかして俺、ここに来てから自堕落になってねえ？　食ってばっかりだし。せっかくスーツの採寸をしたのに、太ったら台無しだ。

よし。明日の朝から敷地内を走ろう。そして体力作りとして庭を綺麗にしよう。

有希は目を閉じてそう誓った。

なのに。

翌日、靴の採寸を終えた後に悠生にそれを言ったら、とても長いため息をつかれた。

「有希様。あなたの仕事は、私の指導を受けて名家の令息になることです」

「分かってます。でも太らないよう運動したいし、父が手入れをしていた庭の手入れがしたいんです」

「せっかく、二ヵ月間のスケジュールで動いているというのにこれですか」

悠生はしばらく考え込んでいたが、「では私も庭の手入れを手伝いましょう」と言った。

「え？」

「言葉遣いならば庭の手入れをしながらでもできます。ただし、午前中に限りです。午後からですと気温が上がりますので」

「ありがとう先生。俺頑張ります」

「でしたら態度で示していただきたいものです。あと『俺』ではなく『私』ですよ。ペナルティです」

にっこり笑顔で言うことじゃないと思う。

うわ、ここに悪魔がいるよ。

それでも、有希は真面目にいつも通りのキスをする。

「心がこもっていない気がするので、一歩進んだペナルティを要求します」

「先生、意味が分かりません！」

「それでは私が手本を見せましょう」

悠生の動きは素早かった。

有希は顎をぐいと持ちあげられたかと思ったら、悠生にキスをされた。ここまでならいつも通りのペナルティだ。

だが、彼の舌が有希の口の中に入ってくる。

「ん、んんっ」

驚いて逃げようとしても、腰を左手でがっちりと抱き締められて動きが上手く取れない。

悠生の舌に口腔（こうこう）を嬲（なぶ）られる。そっと舌を搦（から）め捕られて先端を優しく吸われると、くすぐったさとは逆に背中がぞくぞくした。

恋人同士になってからしたいキスだ。濃厚で、いやらしくて、ぞくりと下半身に響く。

「ん、ぅっ、ぁ」

鼻呼吸ができなくて、だんだん息が苦しくなってきた。このままでは確実に窒息（ちっそく）死する。どんなに気持ちがよくても、キスで死ぬのはごめんだ。

有希は必死の思いで顔を背（そむ）け、大きく息を吸った。

「長いキスのときは、鼻で呼吸をします」

「俺、窒息するかと思ったっ！　初心者舐（な）めるな！　窒息死したらどうする！」

「申し訳ありません。ですが……快感は得られたようでよかったです」

悠生の視線が下がる。

有希は彼の視線を追って、自分の股間が元気になってるのを知った。

しかも今日はジーンズではなく綿素材のハーフパンツだったので、股間の盛り上がりがよく分かった。

「いや、これは……その……そのうち収まるから問題ありませんっ」

「『態度で示す』がこれですか。素晴らしいですね。ともかく、私のせいですから私が責任を持って収めましょう」

「いや大丈夫だって。誰かがここに来たらどうするんだよっ！」

両手を搦め捕られて怒鳴るが、悠生は「あなたが声を出さなければ大丈夫です」と真顔で言った。この悪魔。

「これは、私たちだけの秘密なのですから、誰にもバレないように声を堪えてください」

そっと抱き締められて、耳元で囁かれる。

ああもう、これだけで全部許してしまう。好きな相手に触ってもらえるなら、秘密の関係でもいい。

「各界のパーティーには、様々な方がいらっしゃいます。その最中に、人気のないベランダや控えの間で、こうして快感を貪る方々もおられるんですよ？」

いやでも、俺にはそんなの関係ないし……っ、あっ、ちょっと、乳首、Ｔシャツの上から撫で回されたら……っ。

有希は耳元の囁きと胸への愛撫に感じてしまって唇を噛む。

応接室の扉には鍵は掛かっていないし、カーテンが開けられた窓からは庭が丸見えだ。

テーブルの上にはティーセットが置かれていて、ハウスキーパーの誰かが取りに来ないとも限らない。

「声を堪えることも覚えてください。秘密の行為なのですから」

「あ、でも……っ」

「ハウスキーパーや明希様に、こんな恥ずかしい姿を見られたいのですか？　有希様」

「それは……だめ……秘密のままじゃないと……っ」

Tシャツの上から、両方の乳首を指の腹で円を描くように撫でられて、そこは瞬く間に形を変えた。柔らかな布地の上から、乳首が勃っているのがはっきりと分かる。

ツンと自己主張している乳首を、なおも指で弄られて、「ひゃ、ぁ、ん」と声が漏れた。

「有希様の知らないことを教えて差し上げます。今日は声を抑えることを覚えてください」

「あ、んんっ」

抱き締める向きを変えられた。

悠生が、その場に立ったまま有希を背後から抱きかかえる。

「う、ぁ……んんっ」

Tシャツの中に悠生の両手が入って来て、今度は直に胸を揉まれた。

毎日大きな鉢を移動させたり、花の入ったダンボールを幾つも抱えて持ち運びしていたお陰で、有希の体にはしなやかな筋肉が付いている。

その筋肉を確かめるように、悠生の指が胸筋を揉む。

「う、そんなところ……やだ……っ」

「均整の取れたいい体です。触り心地が素晴らしい。特に、柔らかな胸の筋肉は絶品です。こうして揉んでいくと、乳輪がいやらしく膨らんで、乳首がますます硬くなっていく」

耳元で囁くのは、声が扉の外に漏れないようにではなく、きっと単なる意地悪だ。

わざとゆっくりと胸を揉まれ、今度は指で、興奮して膨らんだ乳頭を摘まんで引っ張られる。

そのまま、乳頭を爪で引っ掻くようにくすぐられて背中に快感の稲妻が走った。

有希はたまらず、両手で口を押さえて体を仰け反らせる。

身長差でつま先立ちになっているところへ、この快感は辛い。拷問を受けているような気持ちになった。

「ここも、初めて触られるところですね？　すぐに感じてしまう、可愛らしくて淫らな乳首はとても魅力的です」

「う、う……っ、んん」

そんな恥ずかしいことを囁かれたら、もっと感じてしまう。二人だけの秘密がどんどん増えていく。

ハーフパンツの股間には先走りの染みが広がっていた。下着の中はきっと、どうしようもないほどとろとろに濡れているだろう。

「パーティーで、知らない方に誘われても人気のないところへ行ってはいけませんよ？　こんな風に、恥ずかしい目に遭ってしまいますからね？　有希様」

そんなパーティーがあるのかよと悪態をつきたくても、快感が勝って頷くことしかできない。悠生の指の動きが気持ちよすぎて目尻に涙が浮かぶ。

「私以外の、誰にも触れさせてはいけません。あなたを快感でとろけさせていいのは、私だけです。よろしいですね？」

はい先生。だから、二人だけの秘密をもっといっぱいほしい。も、気持ちよすぎて苦しい。だから、早く。

有希は口を押さえていた両手を離し、小声で「先生、も、俺……」と言った。

首を捻って悠生を見ることは恥ずかしくてできないが、俯いたままねだることはできる。

「童貞で淫乱というのは、本当に可愛らしい」

「違う、俺……、先生が気持ちいいこと、するから……っ」

「拒まずに、素直に応じているのは有希様です」

確かに。悔しいが、ホントそれだ。俺っていやらしい。淫乱と言われても反論できない。でも、好きな相手のこんな気持ちのいい指を知ってしまったら、拒むことの方が難しい。それに、これは二人だけの秘密。だから。

有希は低く喘ぎながらハーフパンツのボタンを外し、ファスナーを下ろした。

ゆったりとしたパンツはいとも簡単に足元に落ちていく。

濡れた下着も、太腿の途中まで下ろした。

すると硬く勃起した陰茎がぷるんと揺れて露わになる。

そのとき、誰かが扉をノックした。

有希は我に返って隠れようとするが、悠生は逆に、有希の体を扉に向ける。

「はい。どうかしましたか?」

何を考えてんだ。呑気に返事をするなっ！　こんな恰好のままじゃいやだ……っ。

なのに有希は悠生に搦め捕られたまま、愛撫を受けている。

「あら、遠池さんでしたか。ティーセットを下げに来たのですが、よろしいですか?」

ハウスキーパーの渡辺の声だ。

「……やだ」

思わず声が出る。

有希はとっさに右手で口を押さえ、これ以上声が漏れないよう堪えた。

あられもない恰好で扉に向かって立っている姿を見られたくない。恥ずかしくて死ぬ。簡単に死ねる。

なのに乳首を嬲られて感じ、そそり立ったままの陰茎からは先走りが零れる。

「それでしたら、私があとで厨房へ持って行きます」

悠生が冷静に返事をした。

硬くなった乳首を指で小刻みに弾かれると、快感で内股に力が入る。せっかく声を堪えているのに、悠生の指は、有希に喘がせたがっているようだ。

「それは申し訳ないわ」

早く、早くこの部屋から遠ざかってくれ。でないと俺は、もう……っ。

緊張が快感にすり替わっていく。

乳首を他人に愛撫されるのは初めてなのに、ここだけで達してしまいそうな快感が尾てい骨から背骨を駆け上がった。

「構いません。今、有希様に礼儀作法を指導中ですので、もうよろしいですか？」

悠生の右手が下腹に移動し、陰茎でなく陰嚢をそっと包み込んで優しく揉み始めた。

「だ、だめ、それは……っ」

悠生の指で教えられた、有希が過敏に反応する場所。

この状態で揉まれたら、もう、声を堪えられない。

「失礼いたしました。ではよろしくお願いいたします」

「……もう、彼女は去りました。よく我慢しましたね有希様」

「あっ、あ……っ、先生は……っ、意地が悪い……っ、や、そこだめ、だめだからっ、そんな、

いっぱい揉まないで……っ」

「とてもいい表情ですよ、有希様。乳首と一緒にいっぱい揉んであげましょうね。我慢できなければ、そのまま射精しても構いません」

　楽しそうな声。

　こっちは心臓が口から出るんじゃないかと思うほど緊張したのに。緊張しすぎて、死ぬほど恥ずかしくて……それから、信じられないほどぞくぞくした。

　好きな相手に意地の悪いことをされているのに、感じてしまうのが恥ずかしい。

「男でも、乳首が感じていいの？　先生に弄られてるから、俺、気持ちいい？」

　すると悠生の動きがピタリと止まった。

　そういえば昨日もこんなことがあった。

「有希様」

「なに？」

「あなたは、私に触られるから気持ちがいいんです。分かりましたか？」

「そ、そっか。うん。そうかなって……思った」

　秘密も共有してるし、だから余計に感じる。

「さあ、ちゃんと我慢できたご褒美をあげましょうね」

　耳朶（みみたぶ）を噛まれながら、陰茎を扱かれて陰嚢を揉まれる。

ここを揉まれると感じすぎて涙が出てしまう。

「ひゃ、あっ、あ、あ、あああっ、それ、俺だめ、気持ちいいッ、気持ちいいよっ！　先生、俺、出ちゃうよ！　先生の指が気持ちよくて、もうだめ……っ！」

有希はきゅっと背伸びをしながら、悠生の指で弄られて射精した。

「やばい……ほんと、気持ちいい……っ」

いつもこんなに気持ちよくていいのだろうかと罪悪感が沸き上がる。しかも悠生は見たところ勃起している様子さえ見えない。

「あなたのその顔が、本当に愛らしい。際限なく感じさせたくなりますが、今日のところはこれくらいにしておきましょう。あと三十分で昼食の時間です」

「ん。ちょっとだけ、十分だけ、寝かせて。すぐ起きるから。十分……」

有希は悠生に体を預けたまま、その場で眠ってしまう。

「……………………無防備すぎですよ、有希様」

悠生はどこか困った顔で微笑み、有希をソファに寝かせて後かたづけをした。

そして、庭の手入れをしながらの言葉のレッスンが始まった。

「がさつが服を着て歩くと有希様になりますね」

　悠生はしかめっ面で感想を漏らす。

「ですが、姿勢はよろしい」

「やった！」

「そこは『ありがとうございます』です。ペナルティ」

「申し訳ございません、先生」

「よろしい。では、優雅に芝刈りを行ってください」

　有希は帽子に長袖のシャツにジャージ、悠生はスーツに日傘という出で立ちで、庭を手入れしながら「なっていません」「違います」と怒られつつも、言葉遣いを直して行く。

常に丁寧語を話すのはなかなか難しい。

　手入れは午前中だけという約束でも、庭はずいぶん綺麗になった。

　芝刈り機のスイッチを押して、サクサクと芝と雑草を刈っていく。

　低いモーター音が庭に響いた。

　刈ったばかりの芝生の青臭い匂いに、なぜかノスタルジーを覚える。

　両親と歩いた、公園からの帰り道。

　夕日に照らされた長い影が、頭の中に次から次へと蘇る。

「……さて、と」

有希は池の手前で機械を止め、悠生を振り返った。

「どうかしましたか」

「この池を綺麗にしたいんですが、手伝ってもらえますか？　間違って明希が落ちないようにしたいんです」

「危険だということは同感ですが、この規模の池ですと、業者を手配した方がよろしいかと思います。そして水路も整える。この池はもともとは湧き水だったそうですよ」

だったら、脚を入れて涼めるようにしたい。

小鳥のえさ台も置けるかな……と思ったところで、悠生の日傘に蝶が止まった。

大きな羽は黒くてところどころにブルーがある。アゲハチョウの仲間だろうか。美しい。

「どっちも綺麗だ。先生はたまに悪魔になるけど」

「誰が悪魔ですか？　私は有希様のために努力しているのですが？」

「独り言に返事をしないでください」

蝶がもう一匹、今度は悠生の肩に止まった。

有希はおもむろにジャージのポケットから携帯電話を取りだして、悠生と蝶の写真を撮る。

「勝手に写真を撮るのは失礼です」

「ごめんなさい。でも、聞いてたら蝶が逃げそうだったので。これ」

有希は「どっちも綺麗」と言って、画面を悠生に見せた。

「…………いやいや」

「え？」

「あなたの可愛らしさに比べたら、私など路傍（ろぼう）の石」

あんたが石なら俺は塵（ちり）だよっ！　そういう謙遜（けんそん）はやめてくれ！　謙遜になってないから！

有希は心の中で突っ込みを入れる。

一つ屋根の下で暮らしてしばらく経ったが、いまだに悠生のキャラが掴めない。

掴めたと思ったらすり抜ける……そんな感じが続いている。

掴み所がないというか、どこか飄々（ひょうひょう）としているくせに、真顔で有希を「可愛らしい」と言う。

それはとっても嬉しいけれど、でもきっと、大した意味はないのだ。

一目惚れだけに、彼の性格はいつになったら把握できるのか不安になってきた。

有希は悠生を見つめる。

共有しているのは恥ずかしい秘密で、きっと悠生は「何も知らない坊っちゃんが珍しいから、ついでに下半身関係も教えてあげよう」という部活の先輩後輩的な気持ちになっているんだろう。

有希が通っていた高校の運動部は上下関係は厳しかったがみな仲が良かったので、こんな妄想はしたことはないが。

俺は名家の令息じゃないし、童貞で大した知識もないから悪戯しやすいんだろう。しかも最初から拒んでないし。むしろ喜んでるし。どうせなら恋人になりたいな……。そうすれば、このモヤモヤした気持ちもスッキリしてくれそうな気がする。

好きだと言ったとする。答えが「誤解させてしまったのなら謝罪します」だったら、正直立ち直れない。

悠生のことだから、仕事は仕事と割り切って、何も聞かなかった顔で指導教育してくれるだろうが、有希はそうはいかない。

特別強靱(きょうじん)なメンタルを持っているわけではないので、普通に気まずいし傷つく。

神様はなんで、経験値の低い俺に、こんな試練を与えたんでしょうね！　先生に告白なんて、余程の出来事がなかったらできませんって！

有希は神妙な表情を浮かべ、自分を「可愛い」と言った男を見つめた。

「……あの、先生は、この仕事が終わったら…………祖父のもとに戻るんですか？」

「そうですね」

「……ですよね」

「はい。静様と契約をしておりますので」

悠生の肩から蝶が飛び立つ。

ああ綺麗だな。どっちも綺麗。キラキラしてる。

「俺が資産家だったら、先生と契約できたかも」

やっぱそういうもんだよ。

二人きりの秘密の関係は一時的なもので、ずっと続いてはいけないのだ。

一日惚れの恋が、そうそう叶うことはない。

「ああ、契約金のことですか。たしかに相場はありますが、資産家であろうとなかろうと、自分が仕えたいと思った方のところに行きますので、ご心配なく」

やっぱりアレだな。良い思い出にしておくのが、お互いに一番なのかな。それは辛いな。でも男同士だし……。

思考がどろどろして脚を取られそうだ。けれど、外見は取り繕わなければ。悠生に心配はかけたくない。

「そうですか。では、そのときになったらまた考えます」

「それでよろしいかと」

悠生の唇が、「今は」と言葉を付け足した。

朝顔は順調に成長しているようで、明希は毎朝スキップしながら観察に行っている。

我が弟ながら、観察日記の朝顔の絵は上手くて、将来は画家でもいいんじゃないかと思うほどだ。

それは祖父も同じ気持ちのようで、明希に「夏休みが終わったら、絵画教室に通わないか？」と聞いていた。

明希はそれはもう喜んで、「絶対に通う」と飛び跳ねた。

「この間までは料理に興味があったから、一生懸命子供の料理教室を探してたんですよ。でも、今度は絵がいいって」

夕飯の下ごしらえをしている近藤と矢井田に笑いながら愚痴ると、近藤は「子供なんてそんなものですよ」と言った。

「やっぱりそうですか。兄はちょっと寂しいです」

「年が離れてると、父親の役割りもしますからね。兄離れの時期は大変なんじゃないですか？有希様は」

矢井田の言葉が胸に突き刺さる。

「考えないようにしています。辛い」

矢井田が淹れてくれた、アイスのペパーミントティーを飲んだ。爽やかな香りが鼻に抜けてスッとする。

「有希様は、レッスンの方は進んでいますか？」

近藤は作業台を拭きながら尋ねてきた。

「まあ、ぼちぼち。がさつだと叱られます」

「一ヵ月もすれば、体が先に覚えますよ。大丈夫」

「はい。せっかく習ってダメでした……なんて、俺はいやなので頑張ります」

「私たちは料理とスイーツでサポートしますよ」

近藤の作る料理は、お世辞抜きで本当に旨いので、有希の表情は知らず知らずのうちにだらしなくなっていく。

「ありがとうございます」

「それはそうとして有希様。ずいぶんと長いトイレですね。そして、喉が渇いたのなら私に言ってくだされば お茶の用意をしました」

音もなく背後に現れた悠生に、驚きで声が出ない。その代わり、びくんと垂直跳びをしてしまった。

有希は曖昧な笑みを浮かべて、「冷たいのが飲みたくて」と取り繕う。

「私はアイスティーも作れますが。私が淹れた飲み物は飲めないと……？」

「違います！　俺は、先生の淹れたお茶が一番美味しいと思ってます！　だから、そんな恨めしそうな顔で見ないでください！」

それまで渋い表情をしていた悠生が笑顔になった。

だがすぐ真顔になる。

「そうですか。それはよかった。有希様、部屋に戻られましたら復習しましょう。今日のレッスンはそれで終わりです」

「はい」

「私は先に戻っています」

そう言って、悠生は厨房を後にする。

「遠池さんって結構面白い人だったんですね。今まで、ただの有能な美形かと思ってましたよ、俺」

矢井田がしみじみ言ったので、近藤が「ブフッ」と噴き出した。

「あ、近藤さんが笑ったー」

「みんな思ってても言わなかったことを、お前が言うから……っ」

近藤はそのまま、肩を震わせて笑う。

「俺なんか、最初の出会いは花屋ですよ。ラナンキュラスで花束を作ってくださいって、後光が差す勢いのありがたい微笑みを浮かべながら言われました。キラキラしてたなあ」

あのときは、まさか自分たちがこんな関係になるとは思わなかったし、悠生がちょっと面白い言動をする美形だと知らなかった。

「でもまあ、なんだかんだで明希も懐（なつ）いているし、意外といい人ですよ、あの人」

「有希様の言葉がフォローにしか聞こえません。……でもまあ、出されたものは完食するし、食べ方が綺麗だし、礼儀正しいし、実は料理も上手いんですよ、遠池さんは」

それは初耳だ。

どれだけハイスペックなんだよ、あの人。

有希はあんぐりと口を開けたまま、近藤を見た。

「今度、お茶菓子を作ってくださいとお願いしてみたらどうですか？　有希様」

背後で矢井田が「近藤さんが、今度と言った」と、つまらないだじゃれで一人で笑い、「何言ってんだ」と突っ込みを入れられている声が聞こえた。

今日も朝から、レッスンに余念がない。

既製品のスーツと革靴を身に着け、部屋の中を歩き回る。

まず、悠生にお手本を何回か見せてもらい、イメージを掴んでから歩く。

屋敷の中を歩き、後ろから付いてくる悠生に「姿勢を正す」「手をブラブラさせない」などと指摘された。

階段も「美しくありませんね。背中を丸めず、俯かず。若干上向きで。はい、もう一度」と言われて、何度も上ったり降りたりした。

これがなかなか難しい。

最初はもう少し簡単にいくと思っていたが、普段の歩き方の癖はなかなか抜けてくれない。しかも、あちこち歩いているので、明希から「お兄ちゃん、ゾンビみたい」と嬉しくない感想をいただいた。

「ゾンビはこんな姿勢正しくないだろ」と訂正したのに、明希は「お兄ちゃんゾンビ」という言葉が気に入ったのか、有希がウォーキングの練習をしている間、言われ続けた。

しかし、そんな弟も今日は午後から友人たちと遊びに行っている。

有希の代わりにハウスキーパーの三澄が付き添ってくれて、心からありがたく思った。

「歩くときに上下に揺れない。はい、いいですね。ずいぶん美しいウォーキングになりました。では、そこのソファに座ってください。両脚を揃える必要はありません。それで大丈夫」

ウォーキングのおさらいと、ソファに座ったときの姿勢をチェックされる。

「満点ではありませんが、大変よくなりました。ここまで来るのに二週間。来週は、スーツと靴が届きますので、それを着て静様とお茶会をいたしましょう」

「え」

「もちろん、明希様も一緒です」

「……………それは、本当に、ありがたい」

頬が引きつる。

母親似の明希は可愛いだろうが、父親似の自分には会いたくないのでは……と思う。

「祖父の気持ち的に、俺の顔はあまり見たくないいんじゃないかと思うんですが」

「そんなことはありません。あの方は心と態度が裏腹のことが多いのです。有希様が気にされることはありませんよ」

「だったら、まあ……いっか。どうせお茶会やるなら、俺は先生の手作り菓子が食べたい」

「おや。どなたからその話を？」

「近藤さん」

「あー……何度かキッチンを借りたので、その際に、お口汚しにと自分で作ったスコーンやケーキを渡したことがあります」

「俺も食べてみたいです。きっと明希も食べたいと思う」

「大した物ではありませんよ？」

「でも食べたい。お願いします。先生の作ったケーキを食べさせてください」

両手を合わせ、ちょこっと小首を傾げて見せた。

明希がこれをやると大変可愛いのだが、やはり自分では効果がないか……と思っていたら。

悠生が腕を組んだまま動きを止めていた。

「今の仕草」

「はい」

「もう一度。台詞も添えて」

真剣な顔で言われて、有希は小首を傾げて「先生の作ったケーキを食べさせてください」と言った。我ながら気持ちが悪い。

なのにこの人は。

「とてもいい、ええ、最高ですとも。承知いたしました」

「やった！　めちゃくちゃ楽しみだ！」

思わず素が出た。

そしてそれを悠生に指摘される。

「有希様、ペナルティです」


ウォーキングとストレッチを済ませた有希は、スーツをすぐに脱いでハンガーにかけてブラシを使う。靴もシューズキーパーを入れて正しく保管。

悠生は「本来は私が行う仕事ですが、有希様が覚えておくのもいいと思います」と言って深く頷いた。

「こんな高級なスーツは初めてだから、大事にしないと……」

「それがよろしいかと。……ところで、午後のお茶はどこにいたしましょうか？」

午後といってももう四時だが、休憩時間はリラックスしたい。

それに有希は、悠生の淹れるお茶の虜になっている。

「厨房で。そのあと、少し庭を見に行きたいです」

「でしたら、木陰でミントティーでもいかがでしょうか？　この時間でしたら日差しは強くありません」

「ああ、いいなそれ……ではなく、いいですね、それは。是非ともお願いします」

自ら訂正を入れ、有希は笑顔で悠生に頼んだ。

「俺、着替えて先に庭に出てます」

急いでネクタイを外し、シャツのボタンを外す。

「では私は厨房に行って参ります」

悠生は有希が着替えを済ます前に、部屋を出て行った。

もしかしたら、ここでまたキスをされたり気持ちのいいことをされるかも……と思っていたが、何もなかった。

「物足りない」

だったら自分からねだりに行けばいいのだが、有希にそんなことができるはずもなく、結局は悠生の行動を待つしかない。

「男に一目惚れで、しかもこっちから誘うとか……俺はどれだけ自分のハードルをあげれば気が済むんだ」

あまりに無理すぎて、笑いがこみ上げてくる。

有希はTシャツとジーンズ、足元は素足にスリッポンに履き替えて、情けない顔で笑いながら部屋を出た。

先日、業者が池を浚ってくれたお陰で、池の周りは見違えるように綺麗になった。

矢井田が明希のためにメダカと水草を池に入れてくれて、今ではずいぶん涼しげだ。

湧き水の池には水が溢れ出ないよう、すでに裏庭の排水溝へと続く水路も作られていて、業者がたまった落ち葉を片づけるだけで水の流れができた。

「……ここにはベンチを置きたいな。あとは」

のんびりと庭を見渡すと、所々に何も植えられていない場所があった。

掘り起こした痕が微かにあったので、勿体ないから使わせてもらうと決める。

「有希様」

悠生の声が聞こえた。いつ聞いてもいい声だ。

「はい！」

ここに呼ぶより自分が彼のもとに向かった方が早い気がする。

彼の作ったミントティーを早く飲みたい。

草花を掻き分けて行くと、「行儀が悪い。ペナルティです」と眉を顰められた。

「はい、すみません。それと、喉が渇きました」

「フレッシュミントを使いましたので、大変爽やかだと思います」

氷と一緒に緑色の小さな葉と、レモンがグラスに入っている。

見た目が涼しいグラスを受け取り、一口飲んだ。

甘いのに爽やかで後味がスッキリしている。レモンの酸味もいい。つまり旨い。

「いかがですか？」

「旨い。これなら何杯も飲めます」

「それはよかった」

グラスが自分の分しかないことに気づいて、「一口、飲んでみる？」と言ったら、ため息をつかれた。

「え……？」

「よろしいですか？　回し飲みはしてはいけません」

「え……、あ、はい……」

紅茶だからダメなのではなく「回し飲み」自体がだめなのだろう。

有希にしたら「たかが一口」なのだが、良家の子女は「されど一口」。

分かっていたようで、まだまだだった。立派な家柄は堅苦しい。してはいけないことが多すぎる。

それでも、この生活を選んだのは有希だ。

「……頑張ろう。負けるな俺」

「努力は素晴らしいと思いますが、負けるなとは？　何と戦っているんですか？　あなたは」

悠生が微笑みながら尋ねる。

彼の笑顔は朝日に照らされた雫のように煌めき、その眩しさに有希は思わず目を細めた。

指導教育も大切だが休憩も必要だ。大変ありがたい。

有希は広々とした庭を散策し、日当たりがいいのに何も植えられていない場所をいくつか発見した。

「一年草が植えてあったのかな……。それにしてもずっと放置は勿体ない」

土が掘り起こされたまま乾いてしまっている。　肥料と土を混ぜて、また新たに花を咲かせてあげたい。

ここにはきっと、可愛らしい花が似合う。

有希は散歩に付き合ってくれている悠生を振り返り、にっこり笑った。

「どうかされましたか？」

「ここに、俺の好きな花を植えたいと思ってます。まず、秋になってから肥料を入れて、それから植え付け」

「なんの花にするんですか？」

「………ラナンキュラス。来年の春に、この庭を色とりどりのラナンキュラスで飾りたい」

「私も、好きです」

「え？」

「ラナンキュラスが。特に紫色のラナンキュラスが……。春の花だとは知りませんでした」

「あー……、うん、そうそう。春の花！　ふわっとした花びらがいっぱい付いてて、以前花を買ってくれた女の人が、『下にパニエを穿いたミニスカートみたい』って言ってたっけ。パニエの意味を知らなくてネットで検索して、ようやく納得した。えっと、納得しました」

最後でようやく丁寧語になった有希に、悠生が困った顔で笑った。

「言われてみればそうですね」

「先生は、ラナンキュラスの花言葉は知ってる？」

「いいえ」

「魅力的。華やかな魅力とも言います。それ以外に、白は純血。赤は『あなたは魅力に満ちている』。ピンクは『飾らない美しさ』。オレンジは『秘密主義』……」

「紫色は？」

問われて、有希は少し照れくさそうに「幸福」と答える。

「そうですか……幸福、ですか」

「諸説あると思いますが、俺が覚えたのはこんな感じです。俺も、紫色のラナンキュラスが好きです」

悠生が紫色のラナンキュラスの花束を持っているところを想像してみる。

さぞかし似合うだろう。

「ラナンキュラスの咲く庭は、さぞかし美しいのでしょうね。来年の春が……楽しみです」

「俺も」

「あなたと一緒に、春の庭を見たいです」

それって、もしかして。

夕日が差し始めた庭の中。

草花に隠れるようにしゃがみ込んだままの二人は、視線を逸らすことを忘れて見つめ合う。

顔が赤くなるのが分かったが、夕日で誤魔化せないだろうか。

「有希様の顔……」

ふわりと、右手で頬を撫でられる。

気持ちいいけど恥ずかしい。

どうしよう。悠生に「好きだ」という気持ちが伝わってしまいそうだ。

「先生が……変なこと、言うから」

悠生が「私は何も……」と、途中まで言って、「ああ、そうかもしれません」と言い直した。

「私の言葉に、反応したのですか？」

「違う。違います。これは夕日が当たってるだけです」

その場限りの嘘をつく。声が少し震えた。

追い詰められているのが分かる。悠生の目が「言いたいことがあるなら言いなさい」と語っている。けれど有希は言えない。

たった三文字の「好きだ」を言うには、まだ勇気が足りなかった。

「有希様は嘘つきですね」

悠生がふわりと微笑み、顔を近づけてくる。

唇ではなく、目尻や頬に何度も優しくキスをされて、たまらなく体が震えた。自分は悠生が好きなのだと再確認させられた。

そして、顎を捉えられての唇へのキス。

「あ……」

このままずっと、こうしていたい。

悠生の優しさに包まれたまま、気持ちよくなりたいと、そう思ったとき。

「お兄ちゃん！　ただいまーっ！」

元気のいい明希の声が聞こえてきて、二人はとっさに距離を置いた。

「お、お帰りっ！　ここにいるぞ！」

両手で顔を叩いて勢いよく立ち上がる。

「お兄ちゃんっ！」

明希が物凄い勢いで駆けて、有希に抱きついた。


口調や作法は一朝一夕でどうにかなる、というものではないのを実感し始めた。

「やっぱり、ドラマみたいに上手く行かないもんだな……。自分のがさつさに呆れる」

優雅にティーカップを受け取れずに、紅茶を床に零してしまった。

「そんなことはありません。もう少し、ご自分に自信を持ってくださっていいのですよ？」

ハウスキーパーの浜田が手際よく床を掃除してくれたからよかったものの、絨毯の上だったらもっと迷惑をかけていただろう。

「自信が持てるほど上手くできてますか？　俺」

「そこそこ」

笑顔で言われても嬉しくないが、少しは気が楽になる。

「先生は甘い気がする」

「たまには、褒めて伸ばすのもいいかと思いまして。口調はともかく、所作はずいぶんとよくなりました。最初がマイナス評価というのもありますが」

悠生の言葉が容赦なく心に突き刺さるが、当の彼は涼しい顔で代わりのお茶を淹れている。

「……とにかく、これからも頑張りますということで！」

「もう少し肩の力を抜いて、自然体で動いてください」

こんなふうに……？

有希は、明希を抱っこするときのように優しくティーカップを受け取った。

今度はソーサーや床に紅茶が零れ落ちない。

ちらりと悠生を見ると、彼が笑顔で頷いた。

褒められるのは幾つになっても嬉しいのだと、この屋敷に来てから分かった。しかも褒めてくれる相手が悠生なので、嬉しさは何倍にも跳ね上がる。

ここで頑張るのは弟のため……というのは揺るぎない理由だが、最近は「悠生に褒めてもらうため」という理由も加わった。

我ながら現金だと思う。

でもまあ、これでいいのだ。告白できるわけでも恋人同士になれるわけでもないのだから。

この屋敷に来て、楽しみになったのが毎日の食事だ。

シェフの近藤と弟子の矢井田が、毎日趣向を凝らしたものを作ってくれる。

幼い明希のために若干子供向けメニューになっているし、その気使いがありがたい。

今朝は「アニメで見た、目玉焼きとベーコンの朝ご飯」という明希のリクエストで、矢井田がワンプレートの朝食を作ってくれた。

半熟目玉焼きに、こんがりと焼いた厚切りベーコン。サイドは、ビネガードレッシングで食べる千切り野菜とグレープフルーツのサラダ。ジャガイモの冷たいポタージュに、オレンジジュース。大人には紅茶。そして、近藤が焼いた食パンが添えられた。

赤いギンガムチェックのランチョンマットに乗せられたワンプレートの朝食に、明希が両手を叩いて歓声を上げる。

「これ！　卵の黄身をパンにつけて食べても平気？　お行儀悪くない？」

ちゃんと悠生に尋ねるところが可愛い。

これには、厨房に集合していたハウスキーパーたちも頬を緩めた。

「構いません。ただし、黄身を洋服に垂らさないように気をつけてください」

「はい！　ゆーせーさん！」

厨房の作業台に置かれた朝食。みなそれぞれ好きな椅子を引っ張ってきて、一緒に食べる。いつも笑顔で接してくれる気のいいハウスキーパーたちは、この時間だけは悠生と一緒に「マナー教師」となる。

ナイフとフォークを使った食事は、魚が丸ごと出されるような料理でなければ問題ない。ただ明希の両手には大人用のカトラリーは大きいようで、たまに「ふう」と息をついた。

「近藤さんの作ったジャムは本当に旨い。最高です」

有希は、近藤の作ったいちごジャムが気に入っていて、今日もトーストにたっぷり乗せて頬張る。

その横に座っていた悠生が、ティーカップを置いて口を開いた。

「これから先の予定を多少変更しようと思います。静様とのお茶会は、もう少し先にいたしましょう。週末から来週にかけて、有希様と明希様は外泊していただきます。当然、私もご一緒します」

「がいはくってなんですか」

分厚いベーコンが刺さったフォークごと右手をあげて、明希が尋ねる。

「お泊まりのことです。明希様、お行儀が悪いです」

明希は目を輝かせつつ、すぐに右手を下ろした。

「外泊はいいけど……それも俺のレッスンに必要なこと？」

「もちろんです。すでに手配は整っております。その間、近藤シェフ他の皆さんは、今まで通りでお願いいたします」

みなそれぞれ頷く中、矢井田が「出先でシェフは必要じゃないですか？　俺、行きますよ？」と申し出たが、悠生が「お気持ちだけ頂戴します」と言って終わらせる。

「お兄ちゃん！　おとまりっ！」

「そうだな。よかったな明希。お喋りよりまず、ベーコンと目玉焼きを食べちゃおうな？トーストも半分残ってるけど、もういらない？」

有希は明希の口元をナプキンで拭いながら、優しく尋ねた。

「うん。パンはもうお腹いっぱい。このベーコン美味しいね。アニメと同じだ！　ぼく、ベーコンならまだ食べられるよー」

明希の言葉に、近藤が「自家製ベーコンです」と胸を張った。

「旨いと思ったらそれか！　納得だ！」

有希は合点がいってスッキリする。

明希はベーコンを囓るのに必死で、もう何も耳に入らない。


早朝。

まだ朝靄の出ている時間に、有希と明希は玄関先にやってきた。

屋敷の車寄せに止められていたのは、海外製のSUV車だった。オーナーでなくともエンブレムを見ればメーカー名がすぐ分かる高級車、というものだ。

シルバーに輝く車体を見つめ、有希は「凄いな。しかも左ハンドルかよ」と感心する。

悠生と矢井田が黙々と荷物をトランクに詰め込み、明希は早く車に乗りたくてウズウズしていた。

有希は、悠生がスーツではなくシャツに綿パン、足元はドライバーズシューズという恰好をしているのに驚く。

「スーツでなくカジュアル……っ！」

「ＴＰＯを考えただけです」

背後で矢井田が「ぶふぉっ」と噴き出したが、悠生は真顔で答えた。

「いつもスーツだったから……新鮮だ。私服が似合っててよかった……っ！」

またしても矢井田が噴いた。

「あなたは私をなんだと思ってるんですか？」

「俺の先生」

あと、俺の好きな人。

有希はニヤニヤとだらしのない顔で笑い、悠生を見た。

「間違ってはいませんね」

悠生が右手を伸ばし、有希の頭をよしよしと撫でる。

人前でこうして触れられたのは初めてで、突然のことに体が固まった。

「ゆーせーさん！　僕もー！」

明希は無邪気に二人の間に割り込んで、悠生に向かって頭を差し出す。

「はいはい」

彼は子犬を撫でるような優しさで明希の頭を撫でて、ちらりと有希を見た。

なに、その視線っ！　俺が弟に嫉妬するわけありませんよ？　先生。そんな目で見られても動じませんからね！

有希は平然と見つめ返した。

悠生は小さく笑って、荷物の最終確認を始める。

それを横目で確認した矢井田が、有希に話しかけた。

「ずいぶん仲良くなりましたよね。最初の頃はどうなるんだろうこの人たち……って思いました。今は安心して見ていられます」

「え？　そんなに心配されてたんだ」

　初耳だ。

「静様がとんでもない話を始めたって俺たちにも内容が聞こえてきましたから。うちの孫なら、天川家の一員として、どこに出ても恥ずかしくないようになれ、とか。やってやろうじゃないかと言った有希様は凄いですよ」

「弟のために努力してます。でも、所作がよくなるのは自分にも有益ですから頑張れるかな。俺、以前よりは名家の令息に見えるでしょう？」

　矢井田は「んー……」と曖昧な笑みを浮かべて「もう一息」と言う。

自分ではかなり頑張っていると思うが、それでも、「良家名家の令嬢令息」を見ている人間からしたら、まだまだなのか……！

　有希は「まじかー……」と、愕然（がくぜん）とした。

「でも、所作はかなり優雅になりましたよ。遠池さんはヨーロッパ仕込みの先生だからですかね。まだ時間はいっぱいありますから頑張ってください」

「頑張りますとも……っ！」

「その意気です！」

矢井田と有希は互いの肩を叩き合って笑う。

「何を朝から大声を出しているのですか？　もう出発しますよ」

トランクを閉めて戻って来た悠生は、呆れ顔で二人を見つめた。

「なんでもありません。運転は……先生ですか？」

車のキーを手にした悠生を見ての質問だが、彼は「当然」という表情を浮かべる。

「当然です」

「俺も免許持っているので、途中で交代します。でも左ハンドルは初めてなので、早くは走れないと思いますが……」

「いいえ。私が運転しますので、お気遣いなく」

二人で交互に運転した方が疲れないだろうと思って提案したが、悠生が首を左右に振った。

「遠池さん、食材や日用品は入れておきました。それ以外にもし欲しいものがあったら、あとは現地調達でよろしくお願いします」

「矢井田さん、ありがとうございます。さあお二人とも、乗ってください」

悠生が後部座席のドアを開けた途端、明希が歓声をあげて乗り込んだ。その後に有希も続く。

有希は明希にシートベルトを付けさせて、自分も付ける。安全第一。

「二人とも楽しんで来てくださいね！」

笑顔で手を振る矢井田に、明希が「僕の朝顔にお水をお願いしますっ！」と大声で言った。

有希が慌てて車窓を開け、矢井田に「明希の朝顔をお願いします」と言い直す。

矢井田は笑顔で「任せて」と言った。


悠生の運転はさすがというかなんというか、大変上手かった。

それに左ハンドルにずいぶん慣れているようだ。

「ところで、俺たちは一体どこに行くんでしょうか？」

「失礼しました。行き先は言っていませんでしたね。天川家の別荘の一つです。海岸沿いにあって、海水浴もできます。別荘地ですので、一般の海水浴場よりはゆったりできると思います。クラゲが出るか出ないかギリギリの季節ですので、泳げない場合は岩場か砂浜で遊ぶことになりますが、明希様はそれでも大丈夫ですか？」

「大丈夫！　ヤドカリとイソギンチャクに会いに来たんだ！　あと、砂のげいじゅつ！」

明希は「夢みたい！」と叫んで、手足をバタバタと振り回す。

「それはよかったです」

バックミラー越しに、悠生が微笑んでいるのが見えた。

「はい！　僕、絵日記にいっぱい絵を描くんだ！」

明希の言葉を聞いて、有希はようやく理解した。

ああそうか。これは俺のレッスンのためでもあるし、明希のためでもある。ありがたい。

「写真は兄ちゃんが撮ってやるからな」

「お願いします！　あとね、僕……お腹空いてきちゃった……」

「あと数分で休憩地に到着します。そうしましたら、近藤シェフが作ってくれた弁当を食べましょう」

明希が「やった！」とはしゃぐ。

このはしゃぎようでは、今夜はもしかしたら熱を出すかもしれない。

「今まで山ばかりだったから、海は嬉しいねえ、お兄ちゃん」

お前、その言い方は年寄り臭いぞ。

でも有希は突っ込みは入れずに「そうだな」と同意した。

両親は二人とも山派で、自分も山を探検するのが好きだった。明希が生まれてからも、山ばかりに行っていた。

木漏れ日のハンモックに揺られて、嬉しそうに笑っていた小さな弟を見て、山に来て良かったなとよく思ったものだ。

「海って本当にしょっぱいのかな？　海に入れば、僕もいっぱい泳げるようになる？」

「それは海で確かめような？」

冷静に返事をしながら、有希は心の中で「しまった」と冷や汗を垂らす。

弟は幼稚園のときにプールデビューはしているが、どこまで泳げるのか、はたまたちゃんと泳げるのかこれっぽっちも把握していなかった。

小学校に上がって、プールのある日はちゃんと支度をしてやって学校に送り出してはいたが、担任からの「プール連絡表」には「がんばっています」としか書かれていない。

小学一年生に「二十五メートル泳げ」はないだろうし、ビート板を使って泳ぎの練習をしているのは分かるが、ここは兄として、「どれくらい泳げるのか」把握しなければ。下手だったら、明希が泳ぎを嫌いにならないよう、楽しくしっかり教えてやろう。

有希はそう決意した。

「休憩所に入ります。この季節は混み合いますので、明希様は迷子にならないよう一人で出歩かないように。よろしいですか？」

悠生が左ウインカーを出して車線を変更する。

有希と明希は、仲良く「分かりました」と返事をした。

サービスエリアのイートインを使うかと思っていたのに。

ここは一般道横の、休憩所だ。

後部トランクからシート状の屋根を出して日陰を作っている悠生を見て、「これがあったか」と感心する。

大型バスやトラックは一台も駐車していない代わりに、右を見ても左を見てもアウトドア仕様の車が停車している。

キャンピングカーもある。

一台のスペースが広く取られているので、みなテーブルや椅子を出して、思い思いに休憩を楽しんでいた。はしゃぐ小さな子供たちは、「危ないでしょ！」「その白い線から出てはだめ！」と親にちゃんと怒られて、大人しく椅子に座ってアイスを食べている。

車中泊が流行（はや）っていると聞いたことがあるが、なるほどこれは「心の中に住んでいる少年」がウズウズし出す光景だ。

「ここはアウトドア愛好家に人気のある休憩施設なんです。無料で、子供の交通安全教室も開いているんですよ。『駐車場で気を付けること講座』は毎回人気です。農家直売の野菜もあります。なかなか旨かったな。向こうの有料の駐車エリアは、車中泊ができます」

アウトドアな人々に好かれるだけあって、売店の仕様もウッディだ。ナチュラル感満載で、「自然派」が好むデザインになっている。

「お兄ちゃん、バイクもあるよ！」

明希が、バイクの品評会のようにずらりと並んだバイクを見て、「恰好いい」と声を出す。

その声に気づいたライダーの数人が、明希に手を振ってくれた。

「飲み物は店内で買いましょう。この店限定のミネラルウォーターがあるんです。これもなかなか旨かった」

「先生……」

「ん？　なんですか？」

「言葉遣いが、少しくだけてませんか？　先生の口から『旨い』とか初めて聞きました。普通っぽい」

にやりと笑って指摘すると、悠生は眉間に皺を寄せて目を閉じ「不覚」と呻く。

「でも俺は、親しみを覚えたというか……、そういう言い方、俺は好きですよ」

「…………水を買いに行ってきますので、有希様はここで待っていていただけますか？」

「はい。明希は探検したそうな顔をしているので、連れて行ってください。なんなら、迷子紐付きのリュックを背負わせても大丈夫」

兄の問題発言に、弟はプライドを傷つけられたようだ。

「僕、迷子紐はいりません！　ちゃんとゆーせーさんと手を繋いでいればいいでしょ！」

明希は悠生の手を握り締めて「行くよ！」と言って歩き出す。

「では、しばらく行って参ります。有希様は、何か欲しいものは？」

「別にないです。行ってらっしゃい」

この場では、その丁寧な言い方はやめた方がいいと思う。ただでさえ、この車は注目されるのに。隣の車の家族がびっくりした顔をしてるよ。

有希は困り顔で笑ってから、折りたたみ式のテーブルを出して、ウェットティッシュで拭いてから弁当を出す。

シェフの近藤が作ってくれた弁当は二段重になっていて、蓋を開けると行楽弁当仕様になっていた。

「なにこれ、旨そう……っ！」

卵焼きに唐揚げ、ウインナーを使ったミニドッグという定番に加え、揚げ春巻きに海老フライ。彩りを考えたプチトマトのポテトサラダ詰めと、アスパラのベーコン巻き。二段目には俵型のおにぎりと、サンドウィッチが詰まっていた。

別の容器には、千切り野菜のサラダ。ドレッシングは別容器。デザートは、近藤特製のプリンだ。ギンガムチェック模様の紙皿と、プラスチックのフォークとスプーン付き。紙ナプキンもセットになっている。

「ありがとう近藤さん」

定番のおかずは揚げ物が多いが、油っこくならないように揚げるのは難しい。ミニドッグは手間がかかるし、プチトマトの中身をくり抜いてそこにポテトサラダを詰めるなんて作業は、有希にとって神業に等しかった。

　きっと明希が喜ぶ。

　有希はそっと蓋を閉めて、悠生と明希が戻って来るのを待った。


「僕、誕生日とクリスマスが一緒に来たのかと思った！」

　思った通り、明希は弁当に歓声を上げ、デザートのプリンに拍手をした。

「遠足と運動会の弁当も、近藤さんに頼もうな？　きっと凄い弁当を作ってくれる」

「そうだね！　僕、近藤さんのご飯好き！」

　そう言って、明希はケチャップを付けたミニドッグを頬張る。

「俺も好きだ。いつも旨い。一生食べたい」

「私の作る料理がどんな評価を得るのか不安ですね……」

　シェフの味を褒め称える横で、悠生が真顔でそう言った。

「俺は楽しみです」

「僕も！」

　兄弟揃って笑顔で見つめると、悠生は少し困った顔で笑う。

「では、せいぜい腕を振るいましょう。好き嫌いは許しません」

明希は一瞬言葉に詰まったが「大丈夫！」と胸を張る。彼は先日、苦手なピーマンを克服したばかりだった。

「頑張れ、明希」

有希はそう言って、おにぎりを一口で頬張る。

おかずが濃いめなので、おにぎりはさっぱり塩味。口の中でほろりとほぐれる力加減で握られていて、とても旨い。

サンドウィッチにはハムと薄切りのキュウリが挟んであって、これは明希がとても気に入っていた。

「先生もちゃんと食べてくれ。ずっと運転してるんだから」

自分と明希にサーブをしたり、旨いミネラルウォーターをグラスに注いだりと、食べることを後回しにしているのが気になる。

「有希様、口調」

「美味しいものはみんなで食べると、より美味しいと思います」

ペナルティと言わなかっただけ、悠生も周りに気を使っているのか。

彼は軽く頷いて自分の皿に卵焼きと唐揚げを載せ、サンドウィッチを口に入れた。そして、目を細めて小さく頷く。

旨かったんだな……。

思いがけずに可愛い仕草を見た有希は、ちょっと頬が緩む。

食事をしてても綺麗で恰好いい。所作が優雅っていうのもあるんだろうな。ほんと、一目惚れするに値する横顔だ。好きだなあ……。

しみじみそう思う。

「お兄ちゃん、これ、美味しい」

明希が、フォークに差したアスパラのベーコン巻きを差し出してきたので、ありがたくいただいた。ベーコンの塩と脂がアスパラによく合う。旨い。

そこで一つ閃く。

有希は自分のフォークで同じようにアスパラのベーコン巻きを刺すと、悠生に「これ、美味しい。先生、あーん」と差し出した。

海老フライを食べようとしていた悠生の動きが、ぴたりと止まる。

彼は何を思ったのか、自分の携帯電話を掴んでカメラアプリを起動させ、その場で写真を撮った。

料理を撮るような角度ではなかった。

「今、何を撮ったんですか？」

「いえ。個人的なものです」

「返事になっていませんが、先生」

「有希様が気にするようなことではありません」

そう言われると余計気になる。

そして考えてしまうのだ。

もしかして自分の写真を撮ったのかと。

だったら嬉しいなと。

「……俺に隠したいなら、そんな堂々と写真を撮らないでください」

「ですから、極めて個人的な行動です。有希様が気にする必要はありません」

有希の眉間に皺が寄る。

目の前で隠し事をされたのに腹が立った。せっかくの「あーん」も台無しになってしまった。

せっかくの外泊なのに悲しい。

「お兄ちゃん。そのおかず、食べないなら僕がもらってあげるよ？」

明希が、「あーん」されずに宙ぶらりんになってしまったアスパラのベーコン巻きを見ながら笑顔で言う。

「そうだな。先生はいらないみたいだから……」

「いただきます」

悠生が有希の右手首をそっと掴んで引き寄せ、フォークに刺さっていたおかずを口に入れた。

「……さすがは近藤シェフ、ですね」

何事もなかったかのように「美味」と呟く悠生の前で、動揺した有希は顔を真っ赤にして「おかわりは?」と言ってしまった。

「私よりも、明希様におかわりをどうぞ」

冷静に言われて隣を見ると、明希がひな鳥のように口を開けて待っている。

「僕も、ゆーせーさんとお揃いになりたい!」

本人は分かっていないのだろうが、明希の「空気を読む技術」にいつも助けられている。これ以上悠生の前で動揺せずに済んだ。

「はい、お揃い」

有希は笑いながら、明希におかずを食べさせてやった。


再び移動を始めて、途中で船をこぎ出した明希を後部座席に寝かせて、上からブランケットを掛けてやる。

有希はというと、助手席に腰を下ろした。

「うわー……右に座っているのにハンドルがない、この違和感」

「私は、有希様が隣に座っていること自体が違和感です。次の休憩で、後ろに戻っていただけませんか？　大事が起きてからでは遅いです」

「先生の運転は上手いから平気」

「私が上手くとも、事故は起きるんですよ？」

「でも、さっきから一台も対向車が来ないから大丈夫」

早く海が見えないかな。

そわそわと頭を動かしていたら、悠生が「そろそろです」と言った。態度でバレてる。

「おおー……、クルーザーが見える！」

「マリーナですから。ご希望であれば、クルーザーに乗船することも可能です」

「つまりそれは、先生が船舶免許を持っていると……？」

「ええ。日本はそこが面倒ですが、取得しておいて損はありません」

「先生は……海外で仕事をする方が多いんですか？」

「ええ。日本人と契約を結ぶのは静様が初めてです。私も、久し振りに帰国しようと思っていましたし、待遇も満足のいくものでしたので契約しました」

雇用主の性格は気にしないのだろうか。

あの祖父と契約したので、そこがちょっと気になる。

「何を聞きたいのか伝わってきますよ、有希様。静様は、素晴らしい雇用主です。素直になれない言動は、チャームポイントと思うといいですよ」

「はははは。ちょっと難しい。……ところで今まで契約して一番面白かったり面倒だったりした人はいますか？」

「有希様」

「俺以外で！」

「いいえ。特別難しい方はいらっしゃいませんでした。それ以上に関してはノーコメントです。私の信用に関わる」

守秘義務か、なるほど。

青い空、白い雲。そして、富の象徴にもなるクルーザー。

まるで別世界だ。

「マリーナを越えた向こう側に、別荘があります。海まで歩いて行けますよ」

窓を開けて海を見たい気持ちになるが、右座席から見えるのは樹木や一般住宅ばかり。

楽しみは後に取っておこう。

「あとどれくらいで到着しますか？」

「二、三十分……といったところです」

有希は軽く頷いてあくびをした。

「我慢せずに寝てください」

「んー……平気。黙ってると寝ちゃうから、勝手に喋っててい い？」

「どうぞ」

あ、少し笑われた。

でも有希は気にせず、話し始めた。

「誰にも言ったことない話なんだけど」

向き合わず、同じ方向を向いたままというのがいい。話しやすい。

「高校を卒業してすぐ、ヨシノ生花店を継いだんだ。それまでの数ヵ月は、従業員の織部さんが一人で頑張ってくれた。あの人には何から何まで世話になって、俺が生涯頭が上がらない人の一人だ」

とにかく、ありとあらゆる場面で彼女の世話になったことを思い出す。

「手を差し伸べてくれる人がいるのは、嬉しいことです」

「俺もそう思う。でさ、花と言ったら桜やチューリップ、薔薇にカーネーション……それくらいしか知らない俺が、簡単に生花店の主になれるわけがない。花の名前を覚えるところから始めて、最初の半年は毎晩夢に花が出てきた。寝言で花の名前を呟いてたらしい。明希によく笑われたよ」

綺麗な花園の夢ならよかったのだろうが、あの頃は「私の名前を覚えた？」と花に追いかけられる夢ばかりだったので、悪夢と変わりなかった。

花の名前を覚えていくようになると、そんな夢も見なくなる。

「花き市場に行っても、仲卸と信頼関係を結ぶまでが大変で、両親の名前を出してようやくこっちの話を聞いてくれる……って感じだった。織部さんは『これも修業です』って、助けてくれなかったし」

「なかなか厳しい修業でしたね」

「ほんとだよ！　薔薇の棘を上手く取れるようになるまで両手は傷だらけだったし、水をよく使うからかあかぎれができた。いや、あれはショックだった。織部さんによく効くクリームを教えてもらって塗りまくった。男がハンドクリームなんて恥ずかしかったけど、ボロボロの手で接客できないから」

絆創膏(ばんそうこう)だらけの手で接客して、来客に驚かれたこともあった。

今でもたまに手を怪我してしまうのはご愛敬だ。

「肌だけでなく手足の手入れも大事ですよ」

「織部さんにもそう言われた」

そういえば、桜の小枝を剪定するときに、ハサミに慣れなくて血豆も作ったっけ。あれは痛かった。

両手を前に出してしみじみと見つめる。

「ゴツゴツしてて、優雅な手じゃないな。こればっかりは仕方ない」

「働き者の手です。私は好きですよ」

「ありがとう。明希がさ、『僕も兄ちゃんと同じ手になりたい』って、あんな小さいのに手伝いをしてくれるんだよ。泣きたいことがいっぱいあっただろうにさ。健気すぎて兄の方が泣いてしまう。……恥ずかしい」

幼い明希が両親のことを忘れないように、何かにつけて家族で撮ったビデオを見た。

ビデオの中の自分が小さいことに納得がいかないようだったが、それでも、両親に大事にされてきたことは伝わっている気がする。

「明希にはもっと素直になってほしい。俺に気を使ってほしくないんだ。両親のように甘えてほしいんだけど……そこんところがちょっと難しい」

充分甘やかしていても、それが足りているかが分からない。

有希は「少しもどかしいや」と言って小さく笑った。

「明希様は、有希様をとても尊敬していますよ。『お兄ちゃんは凄いんだ』と、よく自慢されます。使用人たちも、明希様の自慢話を聞かされているはずです」

「なにそれ。初めて聞いた。嬉しいけど恥ずかしい」

「どんな内容か、教えて差し上げましょうか?」

「やめてくれ。俺が死ぬ」

「では、お言葉に甘えて。『お兄ちゃんは、僕が怖い夢を見たとき一緒に寝てくれるんだ。凄いでしょ？』」

「だからやめてくれ！　恥ずかしい！」

「ははは。可愛らしい自慢ではありませんか」

「俺の弟は可愛いから、そりゃ自慢も可愛いだろうけどさ……」

「もう一つ、いかがですか？」

「俺が車内でこれ以上悲鳴を上げたら弟が起きるので、勘弁してください」

そっぽを向いても、悠生がニヤニヤと笑っているのが分かる。

有希は気恥ずかしさを紛（まぎ）らわせようと深呼吸を繰り返した。

「まあ、うん。弟は大事なので、立派に育ててみせますよ」

「応援します」

「ありがとうございます」

ぺこりと頭を下げて、顔を上げたときに視界の隅に黄色い何かが映った。

急いで振り返ると、道路脇に向日葵が並んで咲いていた。

夏の代表的な花で種を取るのも楽しい。

店にも向日葵は置いてあるが、鑑賞用の小さな物ばかり。久し振りに大きな向日葵を見て、清々（すがすが）しい気分になった。

「花は綺麗だけど、でも、綺麗なだけじゃなくて……人の気持ちに寄り添ってくれるというか、

「うんそう。サラリーマンが、奥さんの好きな花を買っていく顔を見るのが凄く好きなんだ。みんな、まるで自分が花をもらったみたいに照れてて。あの顔を奥さんに見せてやりたいなあっていつも思う」

「そうですね。それが好きな花であれば尚更（なおさら）元気をもらえる感じ」

何かの記念日に、閉店間際に店に駆け込んでくるサラリーマンは少なくない。有希は、花を買っていく彼らを見て、自分も少し幸せな気持ちになった。

「俺……これからも花に携わる仕事をしていきたいと思う」

「よろしいんじゃないですか？」

「これから先、どうなるかは分からないけど、目標があれば頑張れる」

「その通りです。私は花はよく知りませんが、大変お世話になった方がラナンキュラスが好きで、私も好きになりました」

「誰かの影響で好きになるって、よくある。俺も、母さんがラナンキュラスが好きだったたから。だからあの屋敷に、絶対に咲かせてやる」

言い切ってスッキリした。喋りすぎたような気もするけれど、悠生が黙って聞いてくれたのが嬉しかった。

だから安心したのか、急に眠気に襲われる。

ああヤバイ。まぶたが落ちる。

「寝ていなさい」

優しい声。

そしてそっと頭を撫でられる。気持ちがいい。もっと撫でて。

結局、有希が起きたのは別荘に着いてからだった。


海沿いの別荘はちょっとした高台にあるが、坂を降りて五分で砂浜という場所だった。

「駐車場の向こうは森か。カブトムシがいそうな予感がする」

「お兄ちゃん、それよりも僕は泳ぎたい！　海に入る！」

「夕方からは危険だから、明日行こう」

「ちょっとだけ！」

「…………片付けが済んだら、散歩に行こう。それならいい」

弟にねだられたら、陥落するしかない。

有希は、背後の悠生に「甘いです」とため息をつかれた。

車から何往復かして、荷物をキッチン脇に置いて別荘を探索する。

二階建ての重厚な別荘はロッジ風で、一階は広々としたリビングと水回りの設備があった。

リビングは広く、暖炉まで付いている。

その上には海の絵が掛けられていた。

窓の向こうのウッドデッキには、ブランチを楽しめるテーブルセットがある。

ゆったりとしたソファセットは花柄模様の布張りで、触り心地がいい。

ソファの向かいにはピアノがあり、バーカウンターまで備え付けてあった。

「ここホテル？　テレビで見たホテルみたいだね！　靴を脱がなくてもいいんだ！　凄い凄い！」

明希ははしゃぎながら歩き回り、浴室やトイレのドアを開けて「広い！」と叫ぶ。

「へえ。海岸に向かう階段があるのか。便利だな」

浴槽に入るドアを開けてみると、脱衣所にしては広々として、海用遊具や救命胴衣が置いてあった。

その向かいに大きな扉があり、鍵を開けて扉を開くと、海岸に続く緩やかな階段がある。

「ここから出入りすればいいのか」

ふむと頷いている有希の後ろで、明希が「行ってもいい？」と聞いてくるが、首を左右に振った。

「今度は二階を探検しておいで」

「……散歩に行くときは、絶対に声をかけてよ！」

明希はむっと頬を膨らませて、二階へと続く階段を駆け上がる。

「慌てて転ぶなよ」

実は自分も探検したい有希は、明希の後を笑顔で追いかけた。

二階は寝室とトイレ。こちらのトイレはユニットバスになっている。

「僕、この部屋で寝ますっ！　きーめたっ！」

奥の部屋から可愛い声が聞こえてきた。

行って見ると、そこはオーシャンビュー。一枚ガラスのはめ殺しの大きな窓の向こうは一面の海だった。

「窓は開かないけどいいのか？」

「こっちの窓が開くよ。僕はここで寝たい」

斜め向かいの窓は開閉するようになっていて、空調も効いている。

間取りは六畳ほどで、一枚ガラスの窓に寄りそうようにベッドが置かれていた。

デスクと椅子は小さめで、もしかしたらここは最初から子供用なのかもしれない。よく見れば敷かれているラグマットも子供が好きそうな飛行機模様だ。

「分かった。明希のベッドはここだ。自分の荷物を持って、ここに置きなさい。そこに机があるから勉強もできる」

「自分の荷物を取りに行きます！」

明希は勉強に関しては無視し、有希に敬礼をして一階に下りた。

「まったく。はしゃぎすぎだ」

そういう有希も、さっきから心が躍っている。

廊下を通って、他の部屋の扉も開けてみよう。

二階の部屋の扉は全部で四つ。

一つは明希が使う「子供部屋」。残りの三つは、大人用の寝室か。

順番に開けて、中が普通のツインルームだと分かるとちょっとしょんぼりしてしまう。

何か面白い仕掛けはないものか……と思って、最後の扉を開けた。

ここのベッドは一つ。そして大きかった。

「キングサイズかな？　デカい。ゆったり眠れそう。……というか、ベランダが広い！」

子供部屋からは見るだけだった海が、この部屋からだと窓の外まで行ける。

ベストアングルは子供部屋だが、このベランダからでも充分海が見えた。

「夜、さざ波の音を聞きながら酒を飲むなんて……最高かもしれない」

「いいですね、それ。ご相伴に与りましょう」

背後から急に声をかけられて、有希は「ひゃっ！」と変な声を上げる。

「明希様が子供部屋を選ばれたので、有希様は同階の部屋をお使いください」

「あ、ああ……分かった。使わせてもらう。はー……潮風がベタベタするけど、海に来たって感じだ」

「そうですね」

前髪が風で揺らぐと、悠生が指先で整えてくれた。

そっと額に触れる彼の指が心地いい。

「荷物は私が運んでおきますので、有希様は明希様を連れて散歩に行ってあげてください。これ以上待たされたら、明希様のご機嫌が大変なことになります」

「そうか。うん、分かった。明希の気が済むまで、散歩してくる。携帯を持っていくから、何かあったら連絡ください、先生」

「分かりました。行ってらっしゃい」

前髪を弄んでいた指先が、優しく頬を撫でる。

親しい指の動きが嬉しくて笑いそうになるのを必死に堪え、有希はジーンズの尻ポケットに携帯電話を入れて、部屋を出た。


興奮冷めやらぬままの翌日。

雲は白く、空は青く、海は凪いでいる。

「よかったらお使いになってください」と、悠生がビデオカメラを持ってきてくれた。

有希は手放しで喜び、明希はビデオカメラに向かってポーズをとったり、海に飛び込んだりと忙しい。

「プライベートビーチみたいだ。海水浴客がいなくてのんびりできる」

「ここ一帯の、別荘地用の砂浜です。今週末は貸し切り状態になると、前もって調べておきました」

「まじですか……っ！」

「有希様、言葉遣い」

「はい、気を付けます！」

盆が近いと海にはクラゲが出るから、そのせいかなとも思ったんだけど、とんでもない事実でした。資産家は凄いな……！

砂浜を駆け回る弟を見ながら、有希は心の中で感心する。

「明希様、そちらは岩場ですので危険です」

悠生が明希に注意を促しながら、白の長袖シャツに麻のパンツ、足元はサンダルという大変ラフな恰好で撮影に付き合い続ける。

彼のそういう恰好は、プライベートを覗き見するようでちょっと楽しい。

しかし、撮影までさせることは申し訳ない。

だが悠生は凝り性なのか、有希にビデオカメラを渡さずに撮り続ける。

たまに「ここで白い雲が欲しいところです」「カモメが一羽は、足りない……」と残念そうに呟いているのが聞こえた。

まあ……明希が喜んでいるからそれでいいか。

「お兄ちゃん！　一緒に映って！　記念！」

砂のトンネルを作っていた明希が、有希に大きく手を振る。

「分かった分かった」

「この撮影が終わったら、昼食にしましょう。バーベキューなんてどうですか?」

「是非とも！」

有希は元気よく答え、明希に向かって走り出した。

勢いづいて、明希が作ったトンネルを踏みつけてしまうところまで、ビデオカメラに収められてしまった。


砂浜までバーベキューのセットを持っていくのは大変だったが、大人二人でならどうにでもなる。

日焼けをしすぎないよう、有希と明希は水着の上にパーカーを羽織った。

ビーチパラソルの下にバーベキュー台を置き、火をおこして肉や魚介を焼く。ただそれだけなのに、どうしてこんなに旨いのだろう。

悠生が丁寧に下ごしらえをしてくれた肉はジューシーで柔らかく、ホタテと海老は口の中に入れたら旨みでいっぱいになった。

素材がよすぎて塩だけで食べられる。問題は食べすぎてしまうところだ。

果てしなくビールが飲みたくなるが、弟と遊ぶ手前、アルコールは夜にしておこうと心に決める。

「おにぎり、おいしい！」

「それはよかった。こちらもどうぞ」

悠生が明希に冷たいお茶の入ったグラスを渡す。

「ありがとう。麦茶もおいしい～」

明希はもう「おいしい」しか言わない。

有希は肉を頬張りながら、明希の嬉しそうな声を聞く。

ビーチシートに腰を下ろして、水平線を見つめていると、世の中の喧噪（けんそう）がどうでもよくなってくる。

好きな人が肉を焼いてくれて、可愛い弟がいる。そしてそろそろ満腹だ。これ以上の幸せがこの世にあるだろうか。

思わず口から「ずっと今が続けばいいのに」と言葉が漏れる。

すぐに「いやいや」と否定するが、明希が「僕もちょっと思った！」と笑い出した。

「ここでゆっくり休んで、別邸に戻りましたらまた勉学の日々です」

「先生、それを今言われると……辛いです」

恨めしそうに悠生を見上げると、彼が子供っぽい表情で笑っている。

ああ、そんな顔もできるんだ。ときめいてしまった……っ！

有希はそっぽを向いて麦茶を飲み、ドキドキする心臓をこっそり冷やした。


昼はバーベキューで、夜はカレー。

きっと明日の朝もカレーだ。嬉しい。

有希が「俺が作る」と言ったのに、悠生がキッチンを明け渡してくれなかった。

野菜の皮むきさえさせてくれなかった。

だがお陰で、彼の手作りカレーを食べることができた。明希用の甘いカレーも別鍋で作られていたのが嬉しかった。

カレーは「まずタマネギを炒めて……」というものではなく、寸胴（ずんどう）に野菜と肉をゴロゴロ入れて適当に炒め、煮込み、市販のルーにこれまた市販のミートソースを加えて作るという、実に男らしいカレーで、見ていてビックリしたが味は最高に旨かった。

明希など食べ終わるまで無言で、おかわりの皿も無言で出して「明希様」と悠生に優しく怒られる始末だ。

この人にできないことってなんだろう。

有希はカレーを食べながら、そう思った。

改めて、自分は「凄い人にいろいろ習っているんだ」と思う。

「有希様、おかわりは？」

「いただきます」

有希は笑顔で、空の皿を差し出した。

「僕、こんなに楽しい夏休みは初めてだよ。ゆーせーさんにいっぱいありがとうって言う」

「そうだな」

兄弟二人で、ベランダに置いてある長椅子に腰掛け、お揃いのタンクトップと短パンを身に着けて仲良くアイスを食べる。カレーで腹いっぱいだが、デザートは別腹というものだ。

風呂上がりの風が気持ちいいが、そろそろべたつく。

「あのね、お兄ちゃん」

「うん」

明希がモジモジしている。

言いづらいことを言おうと頑張っているので、有希は急かさずに待った。

しばらくして、明希がようやく話し出す。

「学校のね、友達がね、夏休みはみんなどこかに遊びに行くって言ってたの。海にも行くんだって。僕、海って一度しか行ったことなかったし。小さい頃だったから覚えてなくて写真でしか知らない。お母さんに抱っこされて、海にいた写真、それだけ」

「うん」

「そしたらね、僕、急に海に行きたくなってね、でも、お兄ちゃんはここで頑張ってるから、海に行きたいって言えなくて」

有希は無言で弟を抱き寄せる。

よしよしと背中を撫でてやると、明希は深呼吸をして話を続けた。

「絵日記に、何を書けばいいのか分からなくなって、絵を描くのが苦しくて泣いちゃったんだ。

そしたらゆーせーさんがね……」

「先生が、『海に行きましょう』って言ってくれたのか……」

「うん。僕、泣いちゃったから、上手く言えなくて、でも、お兄ちゃんと三人で行きましょうって言ってくれたの」

「そうか」

「お母さんと一緒に入った海、思い出せたような気がする。僕、ここの海のこと一生忘れないって決めたんだ」

明希は「おしまい」と言って、半分溶けたアイスを頬張る。

「明日は花火をするんだ。ゆーせーさんが約束してくれた。僕もう寝るね？　お休みなさい」

「うん、お休み。歯を磨くの忘れるなよ？」

「はーい」

明希は笑顔で返事をすると、ベランダから中に入った。

「……まいった。俺、何も知らなかった」

どんな近所でもいいから、どこかに出かけたという思い出が残るのが夏休み。

それをすっかり忘れていた自分にも腹が立つ。

弟のために「名家の令息」になると決意した頑張りが、空回っていた。

自分が両親と築いた思い出と同じぐらい、弟には兄弟の思い出を作って、積み重ねて行ってほしいと、今更ながら強く思う。

「俺って……だめな兄だ。もっとちゃんと明希のことを考えてやらないと」

「今のままでよろしいかと思いますよ」

泣きべそ顔の有希の隣に、ワインボトルとグラスを二つ持った悠生が腰を下ろした。

「あなたはまだ二十歳です。充分頑張っていますよ」

今、そんなことを言われたら泣くから。絶対に泣くから。

有希は手渡されたグラスにスパークリングワインが注がれるのを黙って見る。

「どうぞ」

勧められて一気に呷(あお)った。

アイスで甘くなっていた口内が、ほどよいアルコールでスッキリする。

「あの、先生。……ありがとうございました」

「私も、バカンスが欲しかったもので便乗しました」

「だって……俺たちの世話してくれてるし……」

「まあ、家事は趣味なところもありますので問題ありません」

「そんな、やって当たり前みたいなこと……言うなよ……っ、俺、ほんとに……っ」

ああもうだめだ。情けないが涙が零れる。

ボロボロと流れる涙を拭うことも忘れ、有希は「ありがとうございました」と礼を言った。

「…………泣くな、馬鹿」

悠生の両手で頬をそっと包まれた。親指で涙を拭われるが、優しい仕草に余計泣けてくる。

「だって、俺っ……っ」

「泣くな。どうしていいか分からない。俺は、慰めるのが下手なんだ」

いつもの、どこか澄ました口調でなく、悠生の素の言葉を聞く。

自分が傷ついたような険しい顔を見る。

「先生……」

「今は、悠生でいい。そう呼べ」

「悠生さん、俺……、弟の気持ちが少しも分かってなくて……っ、逆に気を使われて……」

「あの子は賢いんだ。気にするな。大丈夫。お前はお前のままでいい」

「う……っ」

両親を亡くして以来、「頑張れ」「応援するよ」「頑張ってね」と言われ続けた。

自分も頑張ろうと思っていた。声援は嬉しかった。

右も左も分からぬままヨシノ生花店を継いで、織部に助けられながらやってきた。「頑張って！　有希さんならできるよ」と言われて来た。

「充分だ」「お前のままでいい」と言った者は誰もいなかったのだ。

「ヤバ……っ、俺……こんな、言われて、……嬉しい。凄く、嬉しい……っ」

涙が溢れて止まらない。

悠生が顔を寄せて、有希の目尻に唇を押し当てて涙を舐めていく。

「ごめん、俺……っ、男なのに、ごめん。俺……」

「俺は自分のしたいことをしてるだけだよ」

「だって、俺……違う。悠生さんの厚意と、俺の気持ち、違うから……」

「どんな風に？」

温かな舌で涙を拭われ、頬にキスをされる。

有希は鼻を啜りながら「好きなんだ」と、とうとう言ってしまった。

ああ絶対に引かれる。

生徒に告白されたんだ、「きっと誤解させてしまって……」が出てくる。

凶器の言葉だ、気を付けろ。

なのに悠生は「いつから？」と、キスをしながら聞いてくる。

「あ……、初めて会ったとき」

「早いな」

「ひ、一目惚れ、だった。だって悠生さんは凄く綺麗で、キラキラしてて、王子様みたいだったんだ。あんなキラキラした人、初めて見た。……まさか自分でも、男にそんな気持ちになるとは思わなくて……っ」

「それは分かる。俺もだ」

　向き合うように膝の上に乗せらて、そこで思わず「は？」と、変な声が出た。

「あの生花店で初めて出会ったとき、俺はこの仕事を受けてよかったと思った。まだどこか幼い、生意気さの残る顔で、懸命に働いていて、笑顔が……もう、可愛らしかった。仕事にプライベートは絶対に持ち込まないと決めていたのに、その信条がものの数秒で崩れた。最悪で最高の瞬間だった」

　悠生が自嘲気味に微笑む。

　そんな顔、初めて見た。ヤバイ。マジでヤバイ。心臓がドキドキするだけでなく、背筋がゾクゾクしてきた。

「ペナルティと称してキスをしたのも、いやらしい悪戯をしたのも、俺がしたかったからだ」

「……引かれてないの、か？　俺」

「むしろ、俺が引かれてもおかしくない。下手をすると犯罪だ」

「引かれなくてよかった……。俺、男同士ってことの不安より、悠生さんが好きだって気持ちを大事にしてよかったな」

　安堵の吐息をつくと、目の前で悠生が固まっていた。

「俺、変なことを言った？」

「いや、幸せを噛みしめている」

「そうですか」

「そんな顔をするな、有希。愛してる」

呼び捨てにされて感じるなんて、俺はほんと、どうしようもない。

有希は小さく喘いで、悠生の腕の中で震える。

「残りの『初めて』、全部俺に寄越せよ?」

ここで頷かなくてどうする。

有希は「もらってくれ」と返事をした。

再び悠生にキスをされる。

閉じていた唇を舌で濡らしながらこじ開けられて、慌てて口を開ける。

舌を絡め合わせながらのキスはどうしても慣れなくて、すぐに息が上がってしまう。

「ごめん、俺……キス、下手だ……」

「ゆっくり上手くなっていけばいい。教育するのは嫌いじゃない」

「ん。……ん、んんっ、は、ぁ……っ、乳首、だめだ……っ」

タンクトップ越しに乳首を擦られると、下半身に熱が溜まった。

好きな相手に触られて感じた。

そこを、今度は恋人に触れて体が過敏に反応する。

両思いって、これ、凄い。ヤバイ。俺の体、おかしくなる……っ!

「これ、じゃまだ」と言われたからタンクトップを脱いだら、興奮して膨らんでいた乳輪に吸い付かれた。

「ぁ、あっ、強く吸ったら、痛いっ、あ、は……っ、んんんんっ」

チュウチュウと胸を吸われ、甘噛みされて、硬くなった乳首を舌でくすぐられる。

左側は指先で小刻みに弾かれたままだ。

両方の胸を違うやり方で嬲られて、有希は「だめだ」と首を左右に振ることしかできない。

快感で思考が鈍っていく。

悠生の前でいやらしい姿を晒してしまう。乳首でこんな感じ方をするなんて恥ずかしくてたまらないのに、もっと恥ずかしく感じるようになりたいと思う。

「有希」

名を呼ばれて、背筋に快感の稲妻が走った。

「だめ……、も、俺、ここ、我慢、できない……っ」

別荘同士は離れているとはいえ、ベランダでこの行為を続けるには抵抗がある。

それに、声を出せないのが辛い。

「俺のベッドに行くぞ」

「行く」

有希は悠生の首に両手を回し、彼に抱きかかえられて寝室に向かった。

別荘の一階奥のゲストルームが悠生の寝室。

二人でもつれるようにベッドにダイブして、キスを繰り返した。

「は、ぁ、あ」

自分は今までずいぶんと手加減されていたんだと分かった。悠生のキスも指も、屋敷でされた悪戯とは比べものにならないほど激しい。

有希は下着まですぐに脱がされて、脚を大きく広げさせられる。

陰茎はすでに勃起し、腹に付くほど反り返っていた。

不躾にじろじろと観察されているのに、萎えるどころか鈴口から先走りが溢れ出る。

両手を頭の上で一括りにされたまま、有希は低く喘いだ。

「有希様」

屋敷で悪戯されるときに囁かれた声に反応し、陰茎がひくんと揺れる。

「ぁ、あ……っ、先生……っ、見てるだけじゃいやだ……っ」

先生と呼ばれた悠生が、嬉しそうに目を細めるのが分かった。それを見てまた興奮する。

「私にどこを触って欲しいんですか？　気持ちのいい場所をちゃんと教えて差し上げましたよ

ね？　おっしゃってください」

「ぁ、あっ、んんっ、悠生、さん……っ」

「そんな甘い声で私を呼んでもダメです。ペナルティで覚えましたよね？　二人きりの秘密。私に体を暴かれて、初めて他人の指を知って……快感を得たでしょう？　私が嬲ってあげた場所を忘れたとは言わせません。さあ、有希様」

「んっ、んん……、は……っ、キスして、それから、乳首、いっぱい弄ってほしい。いやだって言ってもやめないでくれ。それから……ここ、ここ、いっぱい……」

　有希はぐいと腰を突き出し、陰茎をわざと揺らした。

「どこ？　子供にも分かるように言ってくださらないと」

「あ、……も、我慢、できない。触ってくれよ。お、おちんちん……触って。いっぱい弄って。俺の恥ずかしいところ、悠生さんに弄ってほしい。俺の知らない気持ちのいいこと、全部教えてくれ……っ」

　死ぬほど恥ずかしいのに、悠生に見つめられたまま恥ずかしい言葉を連呼する。そこを弄ってくれと、何度も口にした。

「よくできました。言うだけで、ここをこんなにとろとろに濡らしてしまいましたね」

　まだ達していない陰茎から、先走りがとろとろと滴っている。

「は、恥ずかしい……っ、こんなぬるぬる……っ、俺、初めてなのに……」

ただ見られて、囁かれているだけなのに、体が勝手に興奮して昂ぶった。

初めてなのに体がこんな恥ずかしいことになるなんて、やはり自分は淫乱なのだ。悠生に触られ、恥ずかしい恰好をさせられると想像しただけで、下腹の奥がきゅっと締まって熱くなる。

「もっと恥ずかしいことを、今から私が教えて差し上げます」

括られていた両手が自由になったと思ったら、悠生が体をずらして有希の陰茎をそっと握る。

「え、やだ、なに、悠生さん……っ」

悠生の口に銜えられた衝撃と快感に、有希は「あああああっ」と声を上げて体を震わせた。

鈴口から溢れた先走りを舌で丁寧に舐め取られて腰がぐっと浮いた。

よすぎて恥ずかしくて、涙が出た。

「や、ぁあ、あ、恥ずかしいっ、おちんちん、だめっ悠生さん、そこだめだ……先っぽっ、吸わないでっ、あ、あ、あ……っ、玉までだめ……っ」

先端を吸われながら陰嚢を揉まれて、電流のような快感に有希の体がベッドの上で跳ねる。

「はっ、ぁああっ、いっしょに弄らないでくれっ、だめ、俺淫乱だからっ、いっぱい弄られるとよすぎて死んじゃうっ、死んじゃうよっ」

ボロボロ泣きながらお願いしても、悠生の頭は股間から離れてくれない。

有希は自分がどうなってしまうのか急に怖くなって、体を起こし、泣きながら悠生の肩や背中を叩く。

「そのまま弄られたら……俺……っ、悠生さんの口に出しちゃうよ……」

「……………痛い」

「なんで泣く？　有希。溶けるほど気持ちがいいだろう？」

「俺っ、初めてなんだからっ、気持ちよすぎても、怖いんだよ……っ」

「あーあー、分かった。泣くな泣くな。怖いことはしないから」

よしよしと宥められて、彼の優しさにうっとりしていたのに、また指を動かされた。

「ここだけならいいだろう？　一度射精すれば楽になる」

「あ、んんっ」

陰茎を扱かれるたびに、くちゅくちゅといやらしい音が有希の耳を犯す。

「悠生さんの指……っ、気持ちいい」

「ん。いっぱい可愛がってやるから、感じてる顔を俺に見せろ」

「ひゃ、あ、んんっ、も、精液、出る……っ」

有希は体を仰け反らせてベッドに仰向けになって、悠生に扱かれて射精した。

その顔を、頬を紅潮させた悠生がじっと見る。

「本当にお前は、どうしてそんなに可愛いんだ。早くお前の中に入って、中でお前を感じたい。

トコロテンもさせたいし、メスイキもさせたい。果てしなく可愛がってやりたい」

「全部、教えてくれるんだろ？　気持ちいいこと。なあ、悠生さん……。いっぱい、可愛がってくれよ……」

俺も、あんたと二人で気持ちよくなりたい。だって一目惚れの片思いが両思いになったんだ。お祝いだろ。

「ああ。準備もいい前戯になる」

悠生は嬉しそうに目を細めるが、有希には意味が分からなかった。

理解するのは、ローションで濡れた彼の指が後孔に挿入されたときだ。

ローションと指の愛撫で、体の中が変化する。

何本も指を挿入されて中を広げ、感じる場所を探られる。

感じてはいるのだが、どこかもどかしく、両脚をモジモジと動かしてしまう。もっと強い刺激が欲しい。

「悠生、さん……っ」

「ああ」

腰を掬（すく）い上げられて熱い滾（たぎ）りが後孔に押し当てられた。それがゆっくりと入ってくる。

指以上の質量に、じわじわと犯されていく感覚に、興奮して息が上がった。

「中が熱い、な」

悠生が、有希の下腹をそっと撫で回してふわりと微笑む。

「そこ、撫でちゃ……いやだ……っ」

「俺がどこまで入っているか、よく分かるだろう?」

「分かる、分かるけど……っ、あ、ああ、んんっ!」

最後は一気に奥まで貫かれて、その刺激で有希は射精してしまった。

勢いよく放たれた精液は二人の胸まで汚す。

「可愛い。凄く可愛い」

「違う、これ……その……っ」

言い訳はそれ以上できなかった。悠生の指で、達したばかりの陰茎を扱かれる。

「もうイったからっ、出たからっ!　やだ悠生さんっ!　こんな、弄られたら俺っ、だめっ、あっ、先っぽ弄るのだめっ!」

感じすぎて辛い。それに、続けて三度も射精なんて無理だ。

それでなくとも彼の陰茎を体の中に飲み込んだままなのに。

「大丈夫。もっと感じて」

「ひゃあ、あああんっ、ああっ、いいよぉっ、溶けちゃう、おちんちん溶けちゃうっ、先っぽ弄られて溶けちゃう……っ」

恥ずかしい声ばかり口から出る。きっと悠生に軽蔑される。

だが彼は「たくさん感じてる声を上げてるのが可愛い」と囁いて、動き出した。

前後を同時に刺激されて、有希の体が過度の快感で震える。

「も、俺……っ、おかしくなる……っ」

このまま弄られ続けたら漏れてしまう。

好きな相手の愛撫で漏らすなんて、恥ずかしすぎる。

なのに悠生が「ほら、漏らしてみろ」と嬉しそうに囁くから、有希は我慢できなかった。

「あ、あ、ぁ……っ、出ちゃった……っ、おしっこ、出ちゃった……っ」

泣きながら体を仰け反らせて、そのまま失禁した。

生温かな液体が溢れて悠生の手を濡らし、そのまま二人の下半身も濡らしていく。

「あ、だめ……っ、こんなの、だめ……見ないで」

両手で股間を隠そうとするが、悠生は「見せろ」と言って有希の両手をそっと払う。

「や、ぁ……っ、見んな……っ」

よすぎて漏らすなんてことがあるのか。

とにかく今は、好きな相手の前で漏らして恥ずかしい。しかも、漏れているところを最後まで見られて、羞恥の極致で涙が溢れる。

「こんな、恥ずかしいとこ……見られるなんてっ」

「俺は、有希が可愛いからそれでいいかなと。まだ俺が入ったままなんだが、動いていいか？

有希も、また硬くなってる」

「あ。そんな……俺、淫乱すぎる……っ」

「俺は大歓迎だ」

初めてのセックスがこれでいいのだろうか。

悠生が楽しそうだからいいのか。自分も気持ちよかったし。

とにかく、好きな相手とするセックスは、信じられないほど気持ちがいいのだと知った。


朝になったのは分かる。

耳をすますと、階下から明希の声が聞こえてきた。今日も朝から元気だ。

自分もそろそろ起きなければ……と思っているが、どうにも体が動かない。というか、腰から下に力が入らない。

昨日の夜は……なんというか凄かった。

思い出すだけで顔が赤くなる。

それだけではない。体まで熱くなりそうだ。

「起きないと……」

今日は岩場に連れていって、ヤドカリや貝を見せてやりたい。

起きたい気持ちはあるのに、やはり動けない。

「有希様」

そこに、自分の体をこんな風にした相手がやってきたものだから、有希はどうしていいか分からずに布団の中に潜り込む。

「お、俺……もう少しだけ休んでようかと思う！」

するとベッドのスプリングがギシリと揺れて、背中に重みが加わった。

「有希」

悠生が布団越しに自分を抱き締めていると分かり、有希は嬉しさと恥ずかしさで大声を上げたくなる。

「昨日は無理をさせたな。悪かった」

「ち、違う……っ、俺も、その……っ！　悠生さんに……」

有希は慌てて顔を出し、真っ赤な顔で「気持ちいいこと、されたかった」と告白した。

「可愛い」

悠生の顔が近づいてきて、そのままキスをされる。

ついばむようなキスを何度も繰り返して行くうちに、強ばっていた体から力が抜けていく。

気持ちよくて安心できる。

「明希は俺が遊ばせるから、お前はしばらく寝ていろ」

「でも」

「寝ていなさい」

ついさっきまでは恋人の顔でキスをくれたのに、もう教師の顔に戻っている。

「じゃあ、その……俺が寝付くまで、手を、握ってくれますか？」

「それだけでいいのか？」

悠生が微笑みながら、有希の右手をそっと握り締めた。

「えへへ」

有希は悠生の手を何度も握り返して目を閉じる。

「俺、まだ寝てないから……」

「分かっている。寝付くまで傍にいるよ」

「うん。……子供みたいだって笑う？」

「まさか」

悠生が動く気配がした。

耳元で「可愛いに決まってる」と囁かれる。

こんなことで、浮かれるほど嬉しくなるなんて馬鹿馬鹿しい。

でも。

有希は、今だけは自分は馬鹿でいいと思った。


明希にとって、「別荘お泊まり」は特別な思い出になったようだ。

絵日記だけでなく、提出する絵も海に関することだった。

画用紙いっぱいに、子供部屋から見た海の景色を描いていた。

芸術に疎い有希が見ても、その絵はとても素晴らしく、悠生も「ほう」と感心していたほどだ。

夏休みが終わり、両手にいっぱい工作や宿題を持って、悠生の用意した車で小学校に登校した明希は、半日で帰宅してすぐ、有希のもとに走った。

「お兄ちゃんただいま！　学校で日焼けしたって言われた！　楽しかった！」

きっとみんなで、夏休み中のことを自慢し合ったのだろう。

明希の表情を見てそう思った。

「そうかそうか。ちゃんと宿題を提出してきたか？」

「したよ！　今日の僕は、もうフリーです！　ご飯を食べてくる！　学校行ったら疲れちゃったよー」

「はいはい。兄ちゃんは、先生と一緒に庭にいるからな」

「はーい！」

元気な弟の背中を見送り、有希は、今日もレッスンだ。

Tシャツにジーンズ、スニーカーに軍手。

作業小屋から、よっこらしょと両手に腐葉土の入った袋を持って歩く。

「どんなときでも優雅な所作と対処ができれば完璧です」

「はい」

「姿勢を正して、ふらふらした歩き方をしない。たとえ、重い荷物を持っていてもです」

後ろから、スーツ姿の悠生がバケツとスコップを持って指導していた。

「いやでも、体重が」

「バランスを崩さないこと。私は、最終的には乗馬までできるようにして差し上げたいのですが、有希様」

「馬は好きだけど……乗馬か……。先生が教えてくれるなら、きっとできると思う」

「私以外に、誰が有希様に指導しますか」

「いません」

有希は嬉しそうに目を細めて、腐葉土を地面に下ろす。

ここは、有希がラナンキュラスの球根を植えようと決めた場所だ。

優雅に腰を下ろすことはできないが、これはもう仕方がないと思ってもらう。

「種を植えるのですか？」

「球根。でも、球根を植えるのは冬です。今のうちに土に栄養を与えておこうと思って。ここは根張りも良さそうだから、来春には綺麗な花が咲きますよ」

「なるほど、球根……」

「先生もよかったら、その、一緒に土を耕しませんか？」

「そうですね。春になったらあなたとラナンキュラスを見ようと約束したのに、私だけ見ているわけにはいきませんね」

悠生がジャケットを脱いで傍の木の枝に掛け、シャツを捲り上げて有希の隣に腰を下ろす。

「どうすれば？」

「今度は俺が先生ですか？」

有希は笑顔で悠生に顔を寄せる。

「そうですよ」

悠生がちゅっと、触れるだけのキスをしてくれた。

髪を梳き、頬を撫でながら唇を合わせては離し、合間に小さく笑う。

「好きすぎて、どうしていいか分からなくなる」

有希は目尻を赤く染めて、悠生の肩に額を擦りつけて甘えた。

「俺もだ、有希。お前が愛しい」

秘密の行為に、二人のキスに熱が籠もっていく。

木々の枝が影を作り、厳しい残暑を束の間忘れさせてくれる。

「は、ぁ……」

唇を唾液で濡らして優しく舌を絡めあう。

これ以上続けたら、熱が暴走してしまうと、そう思った矢先に悠生が唇を離した。

「……あ」

「これ以上は、お預けだ。分かっているな?」

悔しいがその通りだ。

有希は「はい先生」と素直に頷く。

すると悠生が「続きは今夜」といきなり耳元に囁いた。

びっくりして声を上げそうになったが、誰が聞いているか分からないので、必死に堪える。

「先生……っ」

「驚く有希が凄く可愛い」

「う……」

可愛いと言ってもらえるのが嬉しい。

有希は照れくさくてそっぽを向くと、後ろから悠生に抱き締められて、「愛しているよ」とうなじにキスをされた。

ヤバイ。俺はこんなに幸せでいいんだろうか。心臓が高鳴って息が詰まりそう。

有希は首まで赤くして「俺も」と呪文のように何度も言った。


ついに、この日が来てしまった。

悠生が日取りを決めたのだから、俺はもう大丈夫なのだ。

有希は自分の姿を鏡に映し、これから始まるティーパーティーに備えた。

パーティーと言っても、祖父とお茶を飲んで菓子を食べるだけ。

楽しい話題も何もないだろう。

本音は憂鬱。だが、自分にいろいろ教えてくれた悠生の顔を潰すわけにはいかない。

『服装は大事です。外見からの情報はとても大切です。分かりますか？』

悠生の言葉を思い出す。

サイズを測って誂えてもらったスーツと靴は完璧だ。髪型も完璧。綺麗に整えられている。

ネクタイは曲がっていない。

部屋から応接室まで走れば一分もかからないが、今は勿体ぶった歩き方でたっぷりと時間をとる。

明希は一足先に応接室に行っている。

「よし、次は俺が行く番だ」

汗ばむのは残暑のせいじゃない。邸内は空調が効いている。

有希は緊張しているのだ。

「大丈夫。いつも通り。悠生さんに教えてもらった通りに……すればいい」

『あなたは私の生徒です。大丈夫、自信を持ってください』

ここに悠生もいてほしかったが、彼は祖父に呼ばれてお茶を淹れることになったのだ。

ここでいつまでもウジウジしていても仕方がない。

さあ行くぞ、芳野有希。

どれだけ悠生が素晴らしい教師であったか再確認させてやる。

有希はようやく気持ちを落ち着けさせて、部屋を出た。

まずは「お久しぶりです、お祖父様」と軽くジャブ。

姿勢正しく、あくまで優雅に。習った通りに。

それだけで、静の表情が変わった。明希を膝に乗せたまま驚いている。

有希は「座りなさい」と言われてからサイドのソファに腰を下ろした。脚の角度は完璧。

「ここの生活に不便はないか？　有希」

「はい、ありません。みなさんは私たち兄弟にとてもよくしてくださいます」

早口すぎず、遅すぎず。

丁寧ではあるが、慇懃無礼にならないように気を付けること。

分かってます、先生。

有希は心の中で悠生の教えを反芻した。

「それはよかった。……お前たち兄弟を近々一族に会わせるから、そのつもりでいなさい。天川家と縁の深い来客も大勢呼ぶ。粗相のないように」

「はい、お祖父様。努力いたします」

「ふむ」

静の口元が緩んでいる。

満足しているのか分からないが、感触は良さそうだ。

心の中で安堵のため息をついていると、悠生にティーカップを渡される。

当然のように受け取って、角砂糖を二つ入れて飲む。

「おじいちゃん、僕も紅茶を飲んでいいですか？」

「おうおう、明希も飲めばいい。菓子もあるぞ？　好きな物を食べなさい」

「はい、ありがとうございます」

明希は祖父の膝の上からソファへと移動して腰を下ろし、悠生からティーカップを受け取る。

祖父がその様子を目を細めて見ていた。

「有希様もいかがですか？」

「いいえ、紅茶だけで」

悠生の淹れた紅茶は美味で、有希に力を与えてくれる。

「ここでのんびりとお茶を楽しむのはずいぶんと久し振りだ。遠池も有希に貸してしまったから、旨いお茶もなかった」

静は小さく笑い、悠生を見た。

「私は、ここでは教師でしたから」

「うむ。有希はどんな生徒だ？」

「よい生徒です。もちろん、明希様もよい生徒でしたよ？」

心配そうにモジモジしていた明希は、悠生のひと言で笑顔になった。

「有希はどうだ？　遠池はお前にとってどんな教師だった？」

ここで問われるとは思っていなかったが、答えなんてすでに決まっている。

「素晴らしい教師です。行儀作法だけでなく、言葉遣いも丁寧に正してくださいました」

笑顔で模範回答。丁寧語も、そこそこ様になっている気がする。

すると静は嬉しそうに大きく頷いた。

「なかなか尻尾を出さんな、有希。したたかでいいぞ、それでこそ私の孫だ。なかなかいい。この調子で一族のお披露目まで頑張りなさい」

「はいお祖父様」

笑顔で答えて、心の中で冷や汗をかく。

どうやら自分は、祖父に気に入ってもらえたらしい。

すべて悠生のお陰だ。


祖父が帰るのを応接室の扉まで見送る。そこから先は悠生の仕事だ。

「お兄ちゃん。ドキドキしたね」

「そうだな。掌に汗掻いた」

「僕、冷たいジュースが飲みたくなっちゃった」

「兄ちゃんが厨房からもらってきてやるから、ここで待っていなさい」

明希は「はい」と頷いて、ソファに腰を下ろした。

「じゃあ、行ってくる」

静かに扉を閉じて廊下を歩いていたら、祖父の機嫌のいい声が聞こえてきた。

もう帰ったかと思っていたのに、玄関先で悠生と話し込んでいるようだ。向こうの廊下を通れば彼らの邪魔をせずに厨房に行けるのだが、有希は彼らの会話が気になって足を止めた。

本当は盗み聞きなんていけない。

分かっていても、つい、廊下の陰に立ち止まった。

「よくあそこまで仕上げたな、遠池。有希ならちゃんとやると思っていた。これでパーティーの日取りを決められる」

「ありがとうございます」

「賭け金のことなんだがな、こちらが勝つのは当然だが、私の分はお前の口座に入れると決めた。私は賭け金なんぞどうでもよかったんだ。有希の努力と成長を見たかっただけだ。だからこの結果に満足している。……とはいえ、勝敗が決定するのはパーティー当日だがな」

「有希様が負けることは絶対にありません」

「そうだとも。……ところで遠池、賭け金をどうする？　城でも買うか？　自家用機なんてどうだ？　まあなんだ、私との契約を更新するならば、自家用ジェットは必要ないがな。私のジェット機に乗ればいい」

「まだ先のことは考えておりませんが、賭け金は自分のために使いたいと思います」

嬉しそうな顔で言う悠生に、祖父は笑いながら「それがいい」と言った。

隠れて聞く内容じゃなかった。

血の気が引き、膝が震えて立っていられなくなる。

祖父を含めた誰かが、有希が「良家の令息」になれるか賭けていたのだ。

祖父の言い方だと、悠生も賭けをしていたことになる。

有希に勝たせたかったからこそ、自分自ら教師役を買ってでたということか。

俺は資産家たちの賭けの対象だったのか？　祖父（じい）さんはああ言ってるけど、でも賭けたんだろ？　俺に！　なんだよこれ。

弟のために頑張った。賭けなんて別にいい。好きにしてくれと、今までならそう思えた。けれど有希は悠生の恋人だ。なんで隠していた。悠生に褒められるのが嬉しかった。でも、彼にとって自分はただの金づるだったのだ。

じゃあ、俺のことを好きだって、愛してるって言ったのも、俺のやる気を出すため？　俺は本当に好きなのに。

それはあんまりじゃないか。

有希は、これ以上その場に居たくなくて、こっそりと離れて庭に出る。

ラナンキュラスの苗を植えるために、二人で耕した花壇が視界に入ったが、今は穏やかな気持ちで見られない。

「ふざけんなよ」

あの人は、「俺も一目惚れだ」とか言ってたけど、俺のことは金づるとしか思ってなかったのか。そっか。そうでもなければ、男相手にセックスなんてしないもんな。悠生さんは綺麗だし恰好いいから、別に俺の相手をしなくても大丈夫なんだ。

ざくざくと下草を掻き分けて、庭の奥へと向かう。

足元ではコオロギが鳴いていた。

「信じたくない……」

初めての恋人が、金目当てだったなんて。

有希は俯き、唇を噛みしめる。

「……うっ、く」

悠生に対する想いが胸の中で渦巻いて、呼吸ができない。息が詰まって苦しくて、強引に深呼吸をしようとしたら涙が溢れた。

最初に「お前に賭けてるから、一緒に頑張ろう」って言ってくれればよかったんだ。

そしたらきっと「賞金は山分けだ」って笑い合えたのに。

好きなままでいられたのに、くっそ！

ボロボロと涙が地面に落ちる。

いっそ、パーティーでがさつな態度を取ってやろうか。そうしたら、祖父も悠生も損をする。

「……………それはダメだ。ダメだ、ダメだ」

それをやっちゃだめだ。むしろ、完璧な「名家の令息」を演じなければ。そして、俺にもこれぐらいできるんだぞって、「ドヤ顔」をして、悠生さんに上から目線で「今までご苦労様でした。がさつな俺の相手をしてくださって本当にありがとうございました。さようなら」って言ってやればいい。そうだとも。

有希は両手で顔を擦り、息を吐く。

「俺には、明希のために完璧な坊っちゃんになるという目標があったんだから」

だから俺の恋愛なんて後回しでいいんだ。

有希は決意も新たに、顔を上げて両手の拳を握り締めた。

俺って意外と演技が上手かったんだな。

あの日からずっと、笑顔で悠生さんを避けてる。抱き締められても、「こんなところで」と言ってすり抜けた。

キスもされるだけ。泣きそうになったけど、頑張って堪えた。

途中で何か察したのか、悠生は有希に触れてこなくなった。時折、何か思い悩む表情をしていたが、有希は見なかった振りをし続けた。

それでも、教師と生徒の関係だけは続き、いよいよ来週末に、お披露目パーティーが開催されることに決定した。

「完璧です。これで週末のパーティーは成功するでしょう。よく頑張りましたね、有希様」

悠生が笑顔で有希を褒める。

「ありがとうございます。先生。これで弟の将来も安泰でしょう。パーティーが済んだら、俺は今まで通り、『花屋の息子』に戻ります」

ちゃんと笑顔で言えているだろうか。

悠生の淹れたお茶で喉を潤して、深呼吸する。

「静様は、あなたを天川グループに就職させるおつもりだと思います。有希様は花に携わる仕事をしたいと以前おっしゃってましたよね？」

「いいえ。私のことはいいんです。両親が残してくれた土地と店がありますから」

悠生の眉が片方、ぴくりと上がる。

「……有希様」

「なんでしょうか」

「この間、静様とお茶をしたあとから、あなたの様子はずっとおかしい。あの方に何か言われたのですか？　どこで言われたのですか？」

なあ、あんたがそれを言うのかよ、俺に。

鼻の奥がツンとして痛い。

有希は唇を噛んで、涙を堪える。

「有希……」

「これなら、祖父は賭けに勝つでしょう。私は完璧な孫を演じます。ねえ先生。あなたも賭けてたんですよね？　いくら賭けたんですか？　俺に。あなたが笑みを浮かべるほどの金額なんでしょうね。あなたは、俺にやる気を出させるために……」

「違う。有希、お前を見て一目で恋に落ちた。本当だ」

「うるさいっ！　なんで最初から言ってくれなかったっ！　俺に隠して！　俺に賭けて、その金を自分のために使うって！　なんなんだよそれっ！　どうして最初に言ってくれなかったんだよっ！　そしたら……喜んで協力したのに。わざわざ俺を好きな振りなんてしなくてよかったんだ。同性の相手なんていやだったろう？　ごめんな？　相手をさせてっ！」

「有希、話を聞いてくれ」

「やめてくれ。もう聞きたくない。いいんだ。パーティーは完璧にこなす」

「有希、確かに俺は、賭けに参加した。ただそれには理由があったんだ」

「今そんなこと言われても、俺の心には届かないから。も、離してくれ。これ以上俺を騙さないでくれ。頼むから、嘘つかないで。俺を好きな振りしなくていい。さようなら遠池先生、今までありがとうございました。これで、さよならです」

悔しいから泣きたくなかったのに、涙が次から次へと溢れて止まらない。

いいや、もう。ここで散々泣いてしまえ。

「俺を一人にしてください。頼むから」

本当は一人になりたくない。

けれど悠生と一緒には居たくない。

悠生が遠ざかる。彼は何も言わずに部屋を出た。

有希はその場にしゃがみ込んで、「やっぱり好きだ」と呟いて、小さな子供のように声を上げて泣いた。

あの日から悠生とは会っていない。

彼は祖父のもとに戻っていった。きっともう、会う機会はないのだ。それでいい。会ったらきっと、また自分が傷つくだけだ。

有希はそう思った。

ただ明希が悠生のことを時折口にするのが辛い。

孫を紹介するだけで、高級ホテルのパーティー会場を貸し切りにしてしまうのだから、資産家の考えることは分からない。

有希は丁寧に仕立てられた上質なスーツとシューズを身に着け、「ふう」と息をつく。

明希はジャケットにリボンタイに半ズボンという、誰が見ても可愛らしい子供服を着ている。

「……窮屈だね」

「そうだな」

「緊張するね」

「兄ちゃんなんか、掌に汗まで掻いてる」

「……ゆーせーさん、来ないね。どこに行っちゃったのかな」

「あの人にはあの人の仕事があるんだ。きっと忙しいんだよ」

控え室には二人きり。

「僕、寂しいな……」

「兄ちゃんがここにいるだろ？　俺はずっと明希の傍にいるよ」

「うん」

明希が両手を伸ばして「だっこ」と言った。

「大きな赤ちゃんだな」

有希は笑顔で、弟を抱き上げる。

本当ならば、ここに居ただろう一人の男のことを思いながら。


光が飛び散っているような華やかなシャンデリア、大きな壺に活けられた美しい花々、様々な料理が並んだビュッフェ。ステーキのところにはシェフがいる。

前方にはひな壇があり、マイクスタンドがあった。

有希は、まさかあそこで挨拶をさせられるんだろうかと頬を引きつらせる。

「有希と明希ね！　由里お祖母ちゃんですよ！　ああもう、なんて可愛いの？　ようやくあなたたちを引き取れて嬉しいわ！　これからはうんと甘えてちょうだいね！　有希は本当に寛基さんにそっくりね！　いい男になるわよ！　明希はほんと、彩花に生き写しじゃない！」

品のいい着物姿の老婦人が、物凄い勢いで有希と明希を抱き締めて、「会いたかった」を連呼する。

この人が祖母か。元気がいいな。それに、母さんによく似てる。

「さあ、私がみんなに紹介するわよ！　付いていらっしゃい、二人とも」

元気な祖母に連れられて、有希と明希は、伯父伯母と従兄弟たちに初めて会った。

招待客には取引先の人々も多く、彼らを注目している。

『堂々としていることが大事です。視線をキョロキョロと動かさず、誰に対しても微笑んでいればいいでしょう』

悠生の声を思い出して、その通りにする。

笑顔を浮かべることで、不思議と自分に余裕が出てきた。

これならいける。

有希は自分を見定めようとしている人々の中を、ゆっくりと歩き始めた。

「私も、こんな大勢の人々に注目されて緊張していますが、親族と出会えてとても嬉しいと思っています」

誰に聞かれても笑顔で答え、女性たちにはあくまで優しく接し、従兄弟たちとの会話では、年相応の青年っぽさを見せる。

常に姿勢は正しく、所作は優雅。習った通りだ。

「あなた、生花店にお勤めなんですって？　あなたのお父様は天川家の庭師だったそうだから、やはり血なのかしらね」

親類らしい一人の中年女性が、有希を見つめて意地悪く笑う。

周りは「あら」と肩を竦めるだけで、なんのアクションも起こさなかった。

大変分かりやすい新参いびりに、有希は思わず笑いそうになった。

性格の悪さに資産のあるなしは関係ないんだなあ。

しみじみ思いながら、さて、こういう場合はスマートに返さなければならないなと冷静に考える。

『相手を、自分の土俵に引っ張り込むとよろしいかと。あなたがもっとも得意とするのは？』

悠生の声が聞こえてくる。

そんなの言われなくったって分かる。「花」だ。

「初めまして、私は芳野有希と申します」

「そんなこと知っているわ」

「あなたのその美しい耳飾りですが、キンギョソウに似ていますね。キンギョソウは文字通り金魚に似ていてとても愛らしいのですが、花言葉は知っていますか？」

彼女は「何を言ってるの？」と不愉快そうに眉を顰めた。

「キンギョソウの花言葉は、でしゃばり、おせっかい、です」

有希は笑顔で言い切る。

一瞬の間を置いて、誰かが「ぷっ」と噴き出した。それは瞬く間に会場に広がり、みな彼女を見ながら肩を震わせて笑う。

彼女は顔を赤くして、何も言わずにその場を立ち去った。

「凄いじゃないか、有希君。あのタイミングは素晴らしいね！　よくぞ言った！　こっちに来て僕たちと飲もうよ。ただし、明希君はジュースだ」

一番年上の従兄が、笑顔で有希の肩を叩き「僕たちもあの人は苦手というか嫌いで、扱いに困っていた」と囁いた。

彼女は大叔母（おおおば）の親戚で、天川とは殆（ほとん）ど血の繋がりがないくせに、パーティーに来ては虎の威を借る狐と化していたので、「そろそろなんとかしなければ」と思っていたそうだ。

いきなり濃いキャラが来たな。

「有希くーん、もっと花言葉のことおしえて！　女性に花を贈るときの参考にしたい！」

「あ、俺も」

「私たちにも教えてくださらない？」

男性だけでなく女性たちも有希の周りに集まってきた。

彼女たちは新参の有希が気になっていたが、話しかけるきっかけを探していたのだという。

最初が濃いと、次にどんなキャラが来ても広い心で対処できる。

有希は「私もすべての花の花言葉を知っているわけではないのですが……」と前置きして、とりあえず、会場内に飾られている花の名前と花言葉をみなに教えた。

明希は祖母に連れられて、母親の姉たち、つまり明希にとって伯母にあたる人たちと顔を合わせ、アイドル扱いされている。

有希は「少々失礼します」と言って、会場の喧噪から離れた。

緊張した。

やはり、住む世界が違う人たちなのだと思った。話について行くのが精一杯だった。本を読んで教養を積めと言われて、必死に頑張っておいて本当によかった。

ボキャブラリーで教養の有無を判断されそうだった。今夜は熱が出そう。

だがこれで、賭けは祖父と悠生の勝ちだ。

会場から出るときに、賭けをしたであろう老人たちが肩を竦めて笑っていた。傍にいた祖父は、いい笑顔で親指を立てていたのだ。

ネクタイを緩めて一息つこうと、そう思った矢先に、見知った顔が視界の隅に映った。

急いで振り返ると、そこに立っていたのは純白の薔薇スノージュエル。

「堂々としていましたね。とてもいいことです。振る舞いも会話も完璧。ハプニングに対する切り替えもよかった」

悠生はふわりと笑顔を浮かべた。

「では、これで失礼いたします」

待って……っ！

きびすを返して去って行く悠生を前にして、声が出ない。

再会して分かった。自分を傷つけた相手でも、好きで好きでたまらない。

だから、行かないで。

声が出ない代わりに体が動いた。

有希は早足で悠生に近づくと、彼の右手を乱暴に掴んで引き留める。

行かないで。行ってほしくない。好きなんだ。どうしようもなく好き。口を開いたら涙が零れてきそうで、何も言えずに、ただ、悠生の腕を強く掴んだ。

「有希様……離してください」

「い、いや、だ……っ」

辛うじて喉から出た掠れ声。これ以上は泣いてしまう。

逃げないで、何か話して。

「本当ならば、お目にかかるつもりはありませんでした」

俺だって会いたくなかった。でも会って分かった。愛してる。

「あなたに対する私の言葉に偽りはありません」

「俺に、分かるように……説明してくれ……」

言い訳なんか聞きたくないんだけどな。でももし、別の理由があるとしたら……。

それでも、自分たちがもとの関係に戻るとは思えないけど。

こんなに好きなのに、戻れないのが辛い。

「ユッセ。どなたとお話をしているの？」

悠生に、一人の老婦人が声をかける。

「ゆうせい」ではなく「ユッセ」と呼んだ。

イントネーションに癖があるのは、彼女が外国人だからだ。美しい銀髪をまとめ上げて、紺色のカクテルドレスを着ている。

　大きなエメラルドのネックレスが胸元を飾っていた。

　彼女の登場に、緊張して涙が引っ込んだ。

「マム。あー……ええと」

「あら、可愛らしい方ね。私はマーガレット・シルフォード。初めまして、ミスター……」

「芳野有希です。シルフォード夫人」

　有希はすっと右手を差し出す彼女の手の甲にキスの真似をする。

　悠生が「完璧です」と感想を言って、マーガレットを笑わせる。

「そうね。昔のユッセそっくり。彼を引き取って躾けたのは私なの。こんなおばあちゃんを、母親と思って慕ってくれるのよ」

　……どういうこと？

　有希の目が丸くなる。

「どうかしら、可愛いあなた。私のお願いを聞いてくださる？　ユッセと話をしてくださらない？」

　こちらこそ、話を聞きたい。ホントはちゃんと話を聞きたかった。

釈明して欲しかった。好きだから理解したかった。

なのに有希は悠生を拒み、悠生は有希の前から姿を消してしまった。

「話、します」

「よかったわ。ではユッセ、私は静に挨拶をして、一足先に部屋に戻りますから。ところで可愛いあなた、ユッセをあまり苛(いじ)めないであげてね」

マーガレットは優雅に手を振って、パーティー会場に向かう。

「場所を変えましょう。ラウンジなどいかがですか？」

「構いません。私の役目は終わりましたし、弟は、祖母と一緒にいますので安心です」

「では、ラウンジに」

話を聞きたい。話をしたい。多分これが最後のチャンスだ。

有希はじっと悠生を見つめて、頷いた。


アルコールが飲める年なのに、飲み物をオレンジジュースにされた。

「明希様と一緒に帰るのに、あなたが酔っていてどうしますか」

悠生もノンアルコールカクテルだったが、「運転しますから」とさらりと言われる。

耳に優しい環境音楽が流れる、夜景を楽しむためのラウンジの一角。一番目立たない場所で、二人は向き合った。

悠生が、「まさか、こうしてあなたと向き合えるとは」と言って、ふわりと微笑む。

その表情を見つめて、有希はまた泣きそうになった。

「さきほどの女性は、私の身元保証人で、マーガレット・シルフォード伯爵夫人です。現在は未亡人です。以前ご夫婦で日本に旅行に来られたときに、幼い私を引き取ってくださいました。本当の親は、どこにいるのか知りません」

淡々と身の上を語られて、有希はそれを忘れないようしっかりと聞く。

「お城に住んでるのか？　さっきの人」

「いいえ。爵位があっても領地や城を維持するのは大変なんです。彼女も夫を亡くしてすぐに領地と城を売却し、今はロンドンのアパートに住んでいます」

「アパート……」

「海外でいうアパートは、日本でいうところのマンションだと思ってください」

「初めて知った」

「そういう、こぢんまりとした生活の貴族も多いのです。彼女は、生活と私の学費のために夫から遺された宝飾品を売却しました。私もまだ学生でしたので、彼女を助けることは叶わず、逆に優秀な成績で卒業して、いい職に就けと激励されました。……今は私の契約料で充分暮らしていけますが、それでも私は、彼女が売却した宝石をすべて買い戻したかった」

話が、だんだんと見えてきた。

有希は掌に汗を掻き、唇を噛む。

「宝飾品の売却先は、彼女の知己の宝飾店でした。オーナーも、もともと売るつもりはなかったようで、働き始めたばかりの私と交渉してくれました。以来、彼女の宝飾品を買い戻しています」

「じゃあ……今回の賭け金も、もしかして……」

「ええ。最後の宝飾品を買い戻すためのものです」

やっぱりそれか……っ！　どうしてあのとき、悠生さんの話をちゃんと聞かなかったんだよ俺っ！　ほんと馬鹿だ……っ！

有希は顔を赤くして俯く。自分のことしか考えずにいたことが恥ずかしい。

悠生にも、何か理由があったのではないかと、どうしてあのとき気づかなかったと、唇を噛みしめた。

「ごめんなさい。俺は……何も知らずに、悠生さんに酷いこと言った。本当に……ごめんなさい。頭に血が上って……」

「私も、あなたに会うまでは言おうと思っていたんですよ。ビジネスライクで行こうと。けれど、働くあなたを見て恋に落ちたら……なんでしょうね、言えなくなっていた」

「最初に言ってくれればって、俺も思った。悠生さんに利用されたって思ったんだ」

「まさにそれです。有希様を利用したと思われるのがいやで、ずっと隠していた。けれど、隠し事は大概バレるもので、私は報いを受けました」

そんなことない。

有希は首を左右に振って、「俺がちゃんと話を聞けばよかっただけだ」と反省する。

「俺は、自分が思ってたより考え方が子供で、すぐ怒って人の話を聞かない……。最悪だ。謝って済むことじゃない。よかったら何発でも殴ってくれていい……」

「まさか」

悠生は小さく笑い、「愛している人を殴れますか」と言った。

「俺、愛想尽かされてないのか？　酷いこと言ったのに」

「私が愛しているのはあなただけです」

「あの、悠生さん」

有希は震える手でそっと悠生の手を握り締め、「俺も好きです」と囁くように言った。

「何度も忘れようと思った。嫌いになろうとした。でも……できなかった。それだけ、悠生さんのことが好き」

嫌われていなかった安堵と再び告白してもらえた喜びで、有希は目を潤ませて微笑む。

すると悠生が、真顔で動きを止め、じっと有希の顔を見つめる。

「悠生さん、そんなに見られると恥ずかしいよ」

「写真に収めてもいいですか？　可愛らしすぎる」

「……写真だけで、いいんですか」

恥ずかしい言葉が口から出た。

でももう戻せない。ならば……っ！

有希は真っ赤な顔で「俺、それだけじゃ……我慢できない」と、悠生を誘う。

「私はそんなことまであなたに教えましたか？」

悠生が嬉しそうに目を細める。

「俺たちと一緒に、あの屋敷に帰ろう」

「有希様」

「やっぱ……だめ？　祖父さんと契約してるから？　それを解約して俺と契約できないか？」

「そう、俺を煽るな」

答えてくれずに、変なことを言う。

有希は意味が分からず「煽ってない。俺だけの先生になって」と願いを口にする。

「お前は、たまらないな……」

息がかかるほどの距離で言われて、有希は真っ赤になる。

「明希様はまだ会場か？」

「はい。お祖母さんが連れ回していて……」

「だったら連れて帰るぞ。静様は問題ない。俺は明日まで休暇をいただいている」

「じゃあ、なんで、ここに？　伯爵夫人のエスコート？」

「それもあるが……」

そこで初めて悠生が視線を外し、「有希が心配だったから」と言った。

「俺のこと……心配してくれたのか？」

「当たり前だ。もうお前の前に現れないと誓ったのに、無理だった……」

悠生の耳が赤い。

彼が照れるなんて。

有希は途端に悠生が愛しくなって、泣きそうになる。

「これ以上言わせるな」

「うん」

「行くぞ」

この雰囲気に耐えられなかった悠生が、先に立ち上がった。


会場に戻ると、明希が全力で走って悠生に抱きついた。

「僕、寂しかったですよっ！　ゆーせーさんがいなくて寂しかったですっ！」

もう二度と離さない勢いでしがみつき、今までの不満を大声で叫ぶ。

「申し訳ありませんでした」

悠生が笑いを堪えて、明希の頭を優しく撫でる。

「一緒に帰りますよ！　ね？　お兄ちゃん！」

「あ、ああっ！　うん、一緒に帰る！」

祖父の手前、どうやって悠生を屋敷に連れて行こうか思案していたが、いとも簡単に弟が成した。

周りも「可愛い明希ちゃんにおねだりされちゃ仕方ないよね」という雰囲気だし、まず、祖父母が「遠池を連れて行きなさい」とニコニコ頷いている。

明希。兄ちゃんはお前に一生頭が上がらないよ……。

有希はしみじみ思いながら、一人の老婦人と目が合った。シルフォード伯爵夫人だ。

彼女は祖父を始めとする老人たちの中からこちらに向かい、有希の手をそっと握り締めた。

「ユッセと仲直りしましたね？　よかったわ」

「はい」

「あの子は面倒臭いでしょう？　でも、これからも一緒にいてくださると嬉しいわ」

「はい。むしろ私の方が、愛想を尽かされないように努力しなくては」

「それは問題ないわ」

伯爵夫人は自信たっぷりに微笑んで、その場を去っていく。

この人は、きっと何もかも知っているんだ。

少しばかり恥ずかしい思いをしたが、悠生と一緒に帰ることができる喜びの方が大きかった。


屋敷に帰宅してから、「ゆーせーさんと一緒に寝たい」と無邪気な我儘を言う弟を必死で寝かしつけた。

何をここまで必死になるんだと笑ってしまうくらい二人とも必死だった。

明希は最終的に、悠生の「今度はキャンプに行きましょう」という提案を飲み、「絶対だよ」とダメ押しをしてから目を閉じた。

ここからが、仲直りをした大人の時間だ。

何度も恥ずかしいことをされたし、セックスもした。

けれど、一緒に風呂に入るのは初めてで、有希はバスタブから出られないでいる。

キスを交わしながら服を脱がされて、気がついたらバスルームに連れ込まれていた。

目の前には、シャワーを浴びている悠生の均整の取れた立派な体があり、目のやりどころにも困った。

「有希」

「俺にはまだハードルが高かった。恥ずかしくて動けない」

「誘ってきたのはお前なのに」

「でも、ここは……この場所は……初めてで……」

このままだと恥ずかしくてのぼせる。

「なおさらいい。初めての場所で、初めてのことをしよう」

バスタブを挟んでのキス。

久し振りのキスで頭が真っ白になる。

どれだけ悠生が好きだったのか思い知らされた。

息継ぎはまだ上手くはないけれど、悠生のリードで舌を使える。

「ん、ふ……っ」

口腔の愛撫で、股間が熱く疼いた。

「だめだ。俺が、我慢できない。有希」

強引にキスをやめた悠生が、有希の体を脚で挟むようにバスタブの縁に腰を下ろした。

悠生の昂ぶりを目の当たりにして、有希はすぐに理解した。それは自分もしたかった。

「俺、下手だと思うけど、頑張るから」

「それがいいんだ」

頭を撫でられる。

有希は悠生の昂ぶりに手を添えて舌を這わせた。自分がされて気持ちよかったことを思い出し、丁寧に舐めながら右手でゆるゆると扱く。

悠生が低く喘いだのを聞いて、心臓が高鳴った。

「有希」

名前を呼ばれると、自分が愛撫されているような気持ちになる。先端を口に含んで先走りを吸い、その独特の味に眉間に皺が寄ったけれど、でもいやじゃない。

悠生のものだと思うと愛しさが増す。

「気持ち、いい？」

「ああ。最高だ」

有希の髪を両手でかき混ぜながら、悠生が嬉しそうに目を細めた。

「少しだけ、俺も動いていいか？」

「ん？　うん」

よく分からないまま頷くと、それを受けて悠生が立ち上がる。

「有希、膝立ちして」

バスタブは広いからそれくらいはわけないが……と、思って言われた通りにして、再び悠生の陰茎を銜えようと口を開けたら、突然頭を股間に押さえつけられた。

深く銜える形になってえずいたが、悠生が力を緩めることはなく腰を動かした。

「ん、んんっ」

「有希」

後孔に挿入して突き上げるのと同じ勢いで、口内を犯される。

苦しくて涙目になり、抗議をするように彼の腰を叩いたが、小さく笑われただけだった。

上目遣いに睨んだら「可愛い」と微笑まれて、それだけで許す自分はチョロイと思う。

それどころか、自分も興奮して勃った。

「いいぞ、有希。そう、そこで、強く吸って。舌を絡めて」

喉まで犯されるような強い律動に。悠生の息がだんだん荒々しくなって、彼の射精が近いのだと知った。

「有希……っ」

ひときわ強く腰を打ち付けて、悠生が射精する。

有希はそれを必死に受け止めて嚥下する。それが当たり前だと思った。

苦しかったし旨くもなかったが、悠生のものを捨てるなんてできなかった。

「馬鹿」

「初めてのこと、いっぱい教えてくれるって言ったじゃないか」

ずかしくなった。

「そうだよ。でも、我慢してまでしなくていい」

力任せに抱き締められて、そのままバスタブから出される。勃起した陰茎を見られて急に恥

「ここ、硬いままだな。オナニーしなかったのか？」

「そこは……悠生さんが、触るところだと、思ってた……」

後孔に指を入れられたまま言ったら、悠生が凄く嬉しそうに笑う。

「そうか。ならば、ここもいっぱい可愛がってやらないと。俺の形を思い出すように。そこの棚のボトルを取って」

「はい。何これ」

「ローション。いつかお前と、バスルームでセックスがしたかったんだ。願いが叶った」

真顔で言わないでくれ。力が抜ける。

でも、こんな悠生さんも好きだよ、俺。

「好きにしてくれよ。悠生さんのしたいことが、俺のされたいことなんだ」

「もう……どうしてくれよう、このお坊っちゃんは」

悠生の笑い声に、有希もつられて笑った。

丁寧に後孔を慣らしてから、悠生が有希の中に入ってくる。

背後から貫かれて、いい場所を突かれて腰を揺さぶられると、どうしようもなく感じて恥ずかしい声を上げてしまった。

「あ、あっ、やだっ、そこだめ……っ」

壁に手を付いてようやく体を支えていたのに、胸を揉まれて乳首を弄られては立っていられない。

「いやじゃないだろう、ここを弄ると中が締まる。もっと可愛がってやるから、好きなだけ感じてろ」

「やっ、あ、あああっ、乳首っ、そんなクリクリされたらっ、あっ、もっ、先っぽばっか弄らないでっ、んんんっ」

ふっくらと膨らんだ乳輪を摘まれ、乳頭だけを爪で延々と引っ掻かれる。甘い責め苦に体が震え、陰茎から先走りが糸を引いて滴り落ちた。

挿入されたままひたすら乳首だけを責められるのが、こんなに気持ちいいとは思わなかった。少し前までセックスさえ知らなかった体が、どんどんいやらしく拓かれていく。

頭の中が悠生でいっぱいになって、頰に触れる吐息でさえ過敏に反応した。

「あーあーあー……っ、も、イきたいっ、イきたいよっ、精液出したいっ、悠生さん、意地悪しないで、射精させて……っ」

「乳首でイくのはもう少しかかりそうだな。いいよ、射精させてやる」

腰を掴まれて乱暴に突き上げられる。

快感の星が頭の中に飛び散って、背筋が震えて熱が決壊した。

「や、あっ、あーっ、ああああっ、弄られてないのにっ、おちんちん、弄られてないのにっ、俺っ、だめ、こんなのだめ……っ！　弄ってっ、悠生さんの指で弄って……っ」

こんな快感耐えられないと、有希は自分で触ろうとしたが、悠生の手で両手を壁に押さえつけられた。

「そのまま、イけ」

必死に堪えていたのに、酷い言葉を耳元に優しく囁かれて射精する。

その間も悠生に突き上げられて、体の中から快感を引きずり出された。

「あ……、やだ、だめだ……こんな……っ」

精液が滴り落ちていた場所が今度は失禁で濡れていく。

「気持ちよすぎて漏らすのが癖になったか？　凄く可愛いよ有希」

「や、やだ……見ないでくれ、見ないで……っ」

漏らしてるところをまた見られるなんて……っ、俺は本当に淫乱だ。死にそうに恥ずかしいのに、興奮してる。もっと見てくれと思ってしまう。恥ずかしい恥ずかしい。

快感に染まった体は、恥ずかしいところを見られるだけで反応する。息が上がって切ない声が口から漏れる。

「だめ……意地悪っ」

なのに悠生は、有希が漏らす姿を余すことなく堪能した。


「最高だった。またバスルームでセックスをしたい」

濡れた体を、ふわふわの大きなバスタオルで拭き合いながら、悠生が言った。

「俺は……恥ずかしくて……死ぬから……やだ」

「でも、バスルームなら有希が安心してお漏らしできる」

「も、漏らしたり、しないから……っ。あんな恥ずかしい……こと」

思い出すと、大声を上げて床を転がりたくなる。でも、それと同じくらい興奮して体の中が甘く疼く。

今も、あまり言われ続けるとヤバイ状態だった。

「俺は、漏らしているのに感じながら泣いてしまう有希が凄く可愛いので、バスルームでなくとも構わないが」

「それ、も、言うな。頼むから……言わないで、俺、また……」

やりたくなるから……っ。

「俺の言葉に感じた？」

「………うん」

「今度はベッドに行くぞ」

抱き上げられて、ちゅっとキスをされた。

こんな綺麗な男に可愛いキスをされたら、死ぬ。幸せすぎて死ぬ。

有希は悠生の腕に両手を回し、「俺の知らないことをもっと教えて」と囁き、悠生をよろめかせた。

「では、みなさん行ってきます！」

明希はジャケットに半ズボン、白のハイソックスに黒いローファーという制服でランドセルを背負い、元気よく車に乗って登校した。

もとの小学校とは学区が違うので、明希は転校することになった。

可愛くて賢く、コミュニケーション能力に長けた明希は新しい学校でもすんなり生徒の輪に入り、上手くやっている。

祖母が学校選びを吟味してくれたお陰だ。

有希はというと、別邸からヨシノ生花店に「バイト」として通っている。店自体は織部に任せることにした。

祖父に「経済を学べ」と言われたので、今は大学受験に向けて頑張っている。

花に携わる仕事に就き、いずれヨシノ生花店を大きくするためにも、知識は必要だと理解したからだ。

厳しい家庭教師には「勉学のブランクがあっても数年のうちに入学するだろう」と言われているが、とにかく有希の努力が一番だ。

そしてその厳しい家庭教師は、無期限で有希の執事も務めることになった。

「静様から、有希様の面倒を見るようにと出向を言い渡されました」

悠生がとぼけた顔で再び別邸に現れた日は、絶対に忘れない。

「この学力テストで私の認める点が取れなければ、ロンドンでの年越しパーティーは欠席です。分かりましたか？」

つまり、悠生も里帰りができないことになる。

あの優しいシルフォード夫人を悲しませるわけには行かないので、有希は必死に勉強していた。それにしても、忘れていることが多い。

「分かりましたっ！　ところで先生、いくらなんでも、高校一年生からやり直しって酷くないですか？　たしかに、ぼんやりとしか覚えてませんが！」

「復習は大事です。それに、ぼんやりでも覚えているなら大丈夫でしょう？　有希様」

「……庭いじりがしたい」

「この問題を解いてからです。愛しているので頑張ってください」

「う……っ、好きだから頑張るよっ！」

半ばヤケになって問題に取り組む。

日々の希望は近藤シェフが作ってくれる旨い食事とおやつだけだ。

それでも、悠生が傍にいてくれなかったらこんなに頑張れることはなかっただろう。

有希は心の中で悠生にありったけの感謝をする。

「先生、この英文、間違ってます」

「間違ってません。有希様が間違えて覚えているんです」

「…………庭いじりがしたい」

つい庭に逃避しがちになる。

「我が儘を言うと、実力テストが終わるまで何もかもをお預けにするぞ」

「え！　それは……酷い」

キスまでお預けにされるのは酷すぎる。こんなに好きで、いつもこんなに近くに居るのに。

なのに悠生は腕を組んで余裕の表情を浮かべている。

悔しいが、有希は駆け引きが苦手なので涙目で「勉強する」と言ってペンを握り直した。

「その代わり、今日のノルマを達成したら、有希をとろとろにしてやる」

耳元に囁かれた途端、顔が真っ赤になる。

「お、俺を煽らないでください……っ」

「いつものお返しだよ、可愛い有希」

悠生がそう言って、有希の唇に触れるだけのキスをした。

勉強中なので、これで充分だ。

　十一月に入って、ずいぶんと寒い日が続くようになったところで、有希は満を持してラナンキュラスの球根を植えることにした。

「こんな寒い時期に植えて、春に花が咲くとは……球根とは不思議ですね」

　悠生が感心する横で、有希は慎重に球根を選んで、一つ一つ丁寧に埋めていく。

　深すぎないよう、浅すぎないよう。

「何色が咲くんでしょうか」

「うん。紫色をいっぱい咲かせたいから、少し多めに球根を用意した」

「幸福、でしたね。花言葉は」

「そうだよ、先生。今の俺たちと一緒だ」

　ラナンキュラスの球根を植える場所は、まだまだ庭にたくさんある。順番に回って植えていかなくては。

　二人の好きな花の球根。

　悠生が「あの頃は、こうなるとは思っていなかった。……そうか、幸福か」と呟いて、有希の頭をよしよしと撫で回す。

来年の春は、きっと、庭に咲き乱れるラナンキュラスを二人で見ることができるだろう。

あとがき

はじめまして&こんにちは。高月まつりです。

執事と野良坊っちゃん（笑）のお話、楽しく書かせていただきました。

執事ものは過去に一作か二作しか書いたことがなかったので、新鮮な気持ちで書いてました。

家政夫さんの話は結構書いてるんですけどね～。


野良坊っちゃんというか、「実はいいとこの坊っちゃんでした」という庶民受けは私の大好物の一つで、好物はやっぱりおいしいです。もぐもぐ。

個人的に、あれこれ調べたので生花店の仕事シーンをもっとこう入れたいなと思ったりもしたのですが、仕事のシーンばかりだといつまでたってもラブが始まらない。

可愛いブーケを作るところとか、手荒れをするから手のケアも大事とか、花束のあれこれとか、ラブに関係ないことばっかり書きたくなってしまうという恐ろしいことに。

なので、すぐに御屋敷に行ってもらいました。

仕事と子育てに頑張る兄と、健気な小さい弟という年の離れた兄弟も好物の一つで、ほんと書くのが楽しかったです。親子並みに年の離れた兄弟最高です～。


屋敷の庭園を見学するのが好きで、六義園や旧古河庭園には何度も足を運びました。

特に、旧古河庭園の薔薇は本当に素晴らしくてうっとりします。ただ、カメラを持った方がもの凄く多いので、ゆっくりするのが難しい。

あとね、小石川後楽園とかね。

敷物と食べものを持ってのんびりするなら新宿御苑です。閉園時間が早いけど、春や秋にはほこほこの天気のなか、昼寝ができます。

執筆業だと太陽を浴びる機会が凄く少ないので、ここぞとばかりに日を浴びます。もちろん、日焼け対策はばっちり。

有希の住んでる御屋敷も立派な庭園があるので、いずれ、ラナンキュラスで埋め尽くしてもらいたいです。

そう！　ラナンキュラス。大好きな花なんです。

花弁がフワフワと幾重にも重なっていて、凄く可愛くて、しかも色が豊富。見ていて癒されます。

トルコキキョウも好きです。フワフワ花弁の可憐な花が好きなんだなあ。

ただうちは猫が複数いて、花瓶に花を飾ると惨劇になるのでなかなか飾れないのが寂しい。

どれだけ重い花瓶を用意すればいいのやら（笑）。


そして、美しい執事の悠生と、可愛い有希と明希を描いてくださった明神先生、ありがとうございましたっ！　執事最高でした！　見ていてニヤニヤ笑いが止まりません。

はあ……素敵過ぎる……。


それでは、また次回作でお会いできれば幸いです。

「溺愛執事の
いじわるレッスン」
カバーラフ Ⓑ
「溺愛執事のいじわるレッスン」、とってもステキで萌えまくりましたー♥ エロいイケナイ執事
さまにモエ♥　今回私の体調不良＆治療により、発売が遅れてしまいまして、高月先生を
はじめ全ての皆様に大変ご迷惑をおかけして本当に申し訳ございませんでした!!
高月まっり先生、本当にすみませんでした…そして本当にありがとうございましたー！
みなみ遥

DB ダリア文庫

＊大好評発売中＊

DB ダリア文庫
DARIA BUNKO
著 高月まつり
Matsuri Kouzuki
絵 明神 翼
Tsubasa Myohjin
お狐さまと強気な花嫁
okitsunesama to tsuyokina hanayome
お狐様の花嫁候補!?
「お前は俺に生涯奉仕してればいい。他のオスとは繋がるな」
『何でも屋』の理宇は、蔵の整理中に壺から出てきた九尾の狐・山吹に「嫁になれ」と突然求愛される。恋人未満の俳優・結弦と不毛な関係を続けていた理宇は、俺様だけど自分を見てくれる山吹に絆されていく。そんな時、山吹が芸能界にスカウトされて——!?
大好評発売中

ダリア文庫

年下ワンコとリーマンさん
高月まつり
Matsuri Kouzuki
Ill.Naduki Koujima
こうじま奈月
「出会って2日だけどセックスしたい」
「黙れ性欲魔人」
健康食品会社に勤めている政道は長男気質。隣の大学生・遼太の生活能力のなさに、ついつい政道は餌付けをしてしまいすっかり懐かれてしまう。遼太は臆面なく政道に求愛し、気づけば言葉巧みに丸めこまれ、何故だかエッチなことをされていて!?
大好評発売中

初出一覧

ダリア文庫をお買い上げいただきましてありがとうございます。
この本を読んでのご意見・ご感想・ファンレターをお待ちしております。

〒170-0013　東京都豊島区東池袋3-22-17　東池袋セントラルプレイス5F
(株)フロンティアワークス　ダリア編集部
感想係、または「高月まつり先生」「明神 翼先生」係

この本の
アンケートは
コチラ!

http://www.fwinc.jp/daria/enq/
※アクセスの際にはパケット通信料が発生致します。

溺愛執事のいじわるレッスン

2018年8月20日　第一刷発行

著　者
高月まつり

発行者
辻 政英
発行所
株式会社フロンティアワークス
〒170-0013 東京都豊島区東池袋3-22-17
東池袋セントラルプレイス5F
営業　TEL 03-5957-1030
編集　TEL 03-5957-1044
http://www.fwinc.jp/daria/
印刷所
中央精版印刷株式会社